강해질 권리

강해질 권리

나약한 삶에서 단단한 삶으로

김민후 지음

프롬북스
frombooks

"다 괜찮다"라는 괜찮지 않은 말

"이번 생은 이미 망했어요. 이미 망한 인생, 열심히 살아서 뭐해요?"

요즘 진료실에서 종종 듣는 말이다.

이상하게도 이렇게 말하는 환자들 대부분은 젊고 건강한 사람들이다. 노쇠하고 병들어 살날이 많이 남지 않은 사람들은 오히려 이런 말을 하지 않는다.

망했다고 지레 포기하는 것이 이상한 상황, 정신 차리고 열심히 노력하면 전혀 늦지 않은 상황인데 용기를 잃어버려 이런 말이 입에서 쉽게 나오는 모양이다. 정말로 모든 노력을 영원히 포기했다는 뜻은 아닐 것이다. 인생이 뜻대로 풀리지 않는 좌절감 때문에 삶의 방향성을 잃어버리고 혼란해진 마음상태라고 이해해본다.

 삶이 부여한 고통을 감당할 힘을 잃어버린 사람들이 점점 늘고 있다. 독립에 필요한 능력을 갖추려는 노력을 거부하고 오직 삐딱한 마음과 증오심만 키우는 사람들이 자꾸 생겨난다. 정상적 심신을 가진 성인들이 독립과 책임을 거부하고 부모 집에서 나태하게 생활하며, 자신을 먹여 살리는 부모와 사회를 도리어 원망하고 저주하는 안타까운 모습도 늘고 있다.

 사회는 분명 예전보다 더 풍요로워졌는데 왜 삶의 방향성을 상실한 사람들은 점점 더 많아지는 걸까? 아니, 오히려 풍요로워졌기 때문에 필연적으로 그렇게 되는 걸까?

 이에 대해 수년간 생각해온 것을 모아 이 책을 쓰게 되었다.

 어디에서나 듣게 된다. 지금 이대로도 얼마든지 괜찮다고 위로하는 메시지를. 삶의 고통을 용기 있게 버텨낼 정신력을 상실한 사람들에게 그런 위로는 술이나 담배와 같다. 잠시 위안은 되겠지만 결코 해결책은 될 수 없다. 괴로움을 견디며 앞으로 나아가려면 결국 다시 정신을 부여잡고 지금보다 강해져야 한다. 못난 모습 그대로 괜찮다고 할 것이 아니라 고통스럽더라도 자신의 약점과 열등감을 인정하고 그 괴로움을 변화를 위한 에너지로 전환하라고 말해줘야 한다.

남 탓, 과거 탓, 트라우마에 대한 이야기 또한 넘쳐난다. 현실이 괴롭다고 탓할 거리만 찾아다니면 소중한 정신의 힘이 필연적으로 약해진다. 삶은 나의 주체적 선택이기에 고통스럽더라도 선택의 결과를 내 책임으로 의연히 받아들일 때만 정신은 조금씩 성장하고 강해질 수 있다.

정신의 힘을 단련하는 원칙에 대한 안내가 필요하다. 분발하여 꾸준히 실천한다면 누구나 조금씩 강해지고 성숙해질 수 있는 지침이 필요하다. 이 책은 그를 위한 것이다. 괴로움에 대해 만족스러운 공감을 해주기보다는 책임감을 가진 당당한 인간으로 일어서야 한다고 강조했던 내 상담에 불만을 가졌을 환자들에게 진료실에서는 충분히 만족스럽게 풀어내지 못했던 이야기 또한 이 책에 담았다.

본문의 많은 부분은 상담할 때 환자들로부터의 피드백이 좋았던 조언들을 좀 더 체계적으로 정리한 것이다. 어떤 내용은 정신의학적, 심리학적, 종교적, 철학적 배경에 대해 독자의 참고를 위한 부가설명이며, 그런 설명이 따로 없는 내용은 대부분 나의 개인적 치료경험으로부터 온 것이다.

1년 전 어머니가 만 71세에 급성뇌출혈로 세상을 떠났다. 이후 퇴근하면 본가에 가서 아버지와 둘이 저녁식사를 하는 날이 많아졌다. 식사 후 밤까지 비는 시간을 조금씩 모아 이 책을 쓸 수 있었다.

그 세대가 대부분 그렇겠지만 어머니는 쉽지 않은 환경에서 평생을 열심히 살았다. 그리고 삶으로부터 주어진 책임을 완수한 후 조금 일찍 생을 마쳤다. 일생 동안 쉼 없이 앞을 향해 나아갔던 어머니께 경의를 표하며 이 책을 바친다.

차례

3장 | 공감이라는 덫

4장 | 하고 싶은 대로 하고 살기?

5장 | 무엇이 정신을 강하게 하는가

6장 | 나약한 사람을
치료하려면

7장 | 삶이 내 마음속에서
비극이 되지 않도록

1장

강해질 권리, 한 차원 성숙한 권리

기분 좋을 권리, 편안할 권리, 행복할 권리, 그런 권리란 애초에 존재하지 않는다. 기분 좋고, 편안하고, 행복한 것이 당연하다는 생각이 오히려 우리의 정신을 허약하게 만든다. 매사에 자신을 남과 비교하게 만든다. 그 결과 바닥없는 마음의 지옥에 빠져든다.

인간에게는 그보다 한 차원 성숙한 권리가 있다. 삶의 고통을 받아들이고 조금씩 더 '강해질 권리'다. 휘청대고 좌절할지언정 내 몫의 고통만은 불평 없이 견뎌낼 권리이며, 마지막 순간까지 포기하지 않고 힘을 다해 앞으로 나아갈 권리다.

"적응하기 힘들고 우울해서 휴학하고 싶다고? 세상에 힘 안 드는 게 어디 있어? 도대체 뭐가 힘든데? 아빠 때는 말이야……."

"아니, 상관이 좀 갈구고 진상 고객이 힘들게 한다고 세상에 그까짓 거 하나 이겨내지 못해서 힘들게 들어간 직장을 관둬? 나 때는 말이야……."

너무 힘들어서 대학을 휴학하겠다고, 직장을 그만두겠다고 하는 자녀에게 예전 부모 세대, 특히 아버지들이 전형적으로 했던 말이다.

사실 이런 식의 훈계가 흔했던 시절은 꽤 오래전이다. 요즘 어지간한 40대, 50대 부모들은 자녀에게 이렇게 대놓고 훈계하지 않는다. 이런 훈계가 안 통하는 시대가 되었다는 것을 다들 알고 있다. 요즘 "라떼는 말이야"란 표현이 유행하는 것도 이런 식의 설교가 더이상 받아들여지지 않는 사회 분위기를 반영한 것이리라.

그렇더라도 한번 곰곰이 생각해보자. 시대가 바뀌었으니 '나약한 정신'이란 말은 이제 그 쓰임새가 없어진 것일까? 물론 누군가가 힘들어서 더 이상은 못 버티겠다며 하던 일을 포기하려 한다는 것만으로 그 사람이 정신적으로 나약하다는 증거가 되는 것은 아니다. 정신적으로 특별히 약하지 않은 사람도 상황에 따라서는 얼마든지 그럴 수 있으니까.

하지만 세상에는 정신적으로 강한 사람과 약한 사람이 구분되어 존재함도 명백한 사실이다. 조금만 힘들면 하던 일을 포기하고, 부모로부터 독립하기 위해 어떻게든 노력하지 않고, 뜻대로 안 풀리는 모든 일에 남 탓만 하는 사람들이 얼마나 많은지 모른다. 이런 사람들 대부분이 심각한 정신적, 신체적 질환도 없고 지능도 정상이다. 당사자는 듣기 싫겠지만, '정신적으로 나약하다'라는 말보다 이 사람들에 대한 더 적절한 표현을 찾기는 어렵다.

험난한 인생을 포기 없이 중심 잡고 살아가려면 정신의 힘이 기본

이상은 되어야 한다. 그래야 삶의 길목마다 마치 악의를 품고 나를 노리기라도 한 것처럼 끊임없이 덮쳐오는 수많은 불운과 난관 앞에서 쓰러지지 않고 앞으로 나아갈 수 있다. 정신력에 강하고 약함이 존재함은 신체의 근력이나 지구력에 강약이 있는 것과 같다.

현대의 풍요한 환경은 정신력을 나약하게 만들기 쉽다. 선진국의 많은 중산층 청년들이 중독성 쾌락과 안락함에 둘러싸여 살아간다. 휴대폰, SNS, 온갖 디바이스로 즐길 수 있는 게임, 재미난 동영상을 제공하는 인터넷 사이트, 맛나고 자극적이고 값도 저렴한 음식 등이 끝없이 공급된다. 부모 세대의 경제력과 각종 사회적 안전망이 이들의 뒤를 받쳐준다. 삶의 무거운 짐을 거부하고 쾌락과 안락함 속에만 빠져 살아도 어지간해서는 과거 세대가 겪었던 굶주림과 헐벗음에 직면하지 않는다. 원할 때 언제든 무한정 공급되는 마약처럼 깨어 있는 시간 내내 인터넷에 연결되어 있기 때문에, 나태하고 무의미한 삶으로 인한 현실의 불안과 고독을 스스로 마취할 수 있다. 이 상태에서 스스로 벗어나기란 결코 쉬운 일이 아니다.

위안이 도리어 독이 되기도

"가난하고 못난 부모 밑에서 태어나 고생하며 사는 게 억울해요. 이런 불공평한 세상, 좀비 영화에서처럼 확 다 망해버리면, 홀라당 다 뒤집혀버리면 좋겠어요. 세상이 공평하지 않은데 열심히 사는 게 무슨 의미가 있어요? 어디 설명해보세요."

"내 모든 게 다 혐오스러워요. 졸업한 대학도 어디 가서 이름 말하기 부끄럽고, 이 나이에 버젓한 직장도 없고, 어쩌다 식당 알바라도 잠깐 하면 열등감에 다른 알바나 손님들 눈도 쳐다보기 힘들어요. 그래서 아무것도 안 하고 집 안에만 틀어박혀 지내는 거예요. 사회생활이 안 맞아서 일을 못 하는 건데 왜 자꾸 일하라고만 하세요? 우리 부모 돈도 충분히 있단 말이에요."

"상담 선생님이 부모가 나한테 공감을 안 해주고 부정적인 피드백만 주면서 키워 어릴 때부터 트라우마가 쌓이고 자존감을 다 잃어버린 게 내가 이렇게 된 원인이라고 설명하더라고요. 그 말이 맞아요. 부모를 너무 잘못 만난 거죠. 그렇지만 이미 인생 다 망쳤는데 지금 와서 뭘 어떻게 하겠어요? 할 수 있는 게 도대체 뭐가 있을까요?"

나약함의 늪에 깊이 빠진 사람들은 흔히 이런 식으로 말을 한다. 환자들로부터 이런 이야기를 한두 번 듣는 것도 아니지만 들을 때마다 힘이 빠진다. 환자의 무력감에 함께 사로잡히는 느낌마저 든다. 물론 환자 대부분은 좋아지고 싶은 의욕이 있고 치료자와 잘 협조하려고 한다. 그러나 변화해보자는 조언을 잔소리로만 받아들이는 삐딱한 자포자기 환자도 종종 있다.

그들의 신세한탄에도 이런저런 이유야 있겠지만 결국 삶에 대한 본인의 책임을 한사코 피하고자 하는 응석임을 부정할 수 없다. 이런 말을 하는 환자 본인도 무슨 신통한 답이 돌아올 수 없다는 것을 다 알면서 그저 답답해서 질문 비슷한 이야기를 던져보는 것이리라. 애써 시간 들이고 아까운 돈 들여 상담하러 와서는 의사에게 하는 이야기가 자신은 고통을 참고 변화할 의지가 전혀 없다는 내용이니 이 얼마나 안타까운 일인가. 변할 생각이 없다고 이미 선포한 환자에게 삶의 고통을 감내하고 올바른 방향으로 노력해보자고 아무리 이야기해봐야 도움 되기는 어렵다.

그렇다고 그들의 삐딱한 질문들이 무의미한 것은 아니다. 힘든 인생을 왜 억지로 견디며 노력하고 살아야 하는지, 아무리 고통스럽더라도 어째서 무책임하게 타인에게 의존적으로 살아서는 안 되는지, 이러한 의문에 대해서는 철학자가 아니더라도 인간이라면 누구나 나름의 견해가 있어야 하니까.

이런 말을 많이 들어봤을 것이다.

"나는 소중하다고 스스로 선언하고 다양한 방법으로 자존감을 높여라."

"못나고 한심한 당신을 있는 모습 그대로 받아들이고 사랑하라. 그것이 행복의 비결이다."

"충고하고 조언하고 평가하고 비판하여 당신의 자존감을 낮추는 사람을 멀리하고, 당신에게 공감해주고 자존감을 높여주는 사람을 가까이하라."

"자신의 감정을 소중히 여기고 아끼는 것을 삶의 중심에 두라. 매일 그날의 감정일기를 쓰라."

"하고 싶지 않은 일을 주위 시선 때문에 억지로 하는 것이 불행의 근원이다. 정말 하고 싶은 일을 찾아서 그것을 하고 사는 것이 진정한 행복이다."

"부정적인 감정이 쌓이기 전에 자연스럽게 표출해서 풀어라. 때로는 감정 해소를 위해 속시원하게 울고 화를 내도 좋다. 부정적인 감정을 표현해서 풀지 못하고 속에 쌓아두는 것이 우울증과 화병의 원인이다."

나는 이런 조언들과는 정반대의 이야기를 하고자 한다.

나는 이러한 이야기들의 유일한 쓸모가 자기 위안이라고 생각한다. 이런 이야기를 읽거나 듣고 있는 동안만은 마음이 편안해지고, 지금의 못난 모습 그대로 굳이 힘든 변화 없이 살아도 괜찮을 것 같고, 다른 사람 눈치 안 보고 내 감정 위주로만 살아도 될 것 같은 안도감이 든다. 이런 종류의 이야기들은 어찌되었건 당장 듣기에는 달콤하기 때문이다. 달콤한 위안을 좋아하는 독자라면 그와 정반대인 나의 이야기에 반감을 느낄 수 있다. 그렇지만 다시 한번 생각해보자. 듣기 좋은 이야기가 지금의 나에게 진정 유익할지를.

자포자기 신세한탄을 한다는 것은 올바른 인간으로서의 자부심을 다 잃고 숨통 바로 아래까지 나약함이 차올랐다는 뜻이다. 이런 상황에 처한 사람에게 지금 이대로도 괜찮다는 위안은 도리어 독이 된다. 일시적인 안도감은 늪에서 탈출하려는 동기부여를 꺾을 뿐이다.

인간은 저마다 한 명의 아틀라스

스스로 안간힘을 다해 정신력을 끌어올려 나약함의 질척한 늪에서 탈출하는 것만이 유일한 해결책이다. 그런데 정신을 강하게 단련한다는 것이 저절로 될 리 없다. 고도비만이던 사람이 운동과 식사 조절로 날씬한 근육질이 되는 것도 물론 어렵지만 그보다 훨씬 더 어렵다. 신체는 눈에 보이기에 체력과 몸매가 날로 향상되는 것을 눈으로 확인하며 긍정적인 피드백을 받는 것이 수월하지만, 정신이 단련에 의해 올바른 방향으로 발전하고 있음은 실시간으로 느끼기가 어렵다. 그럼에도 정신력 강한 인간으로의 변화는 충분히 가능하다. 자신의 나약함을 솔직하게 인정하고, 변화의 필요성과 그에 따르는 처절한 고통을 감내하고, 강해지기 위한 단련의 첫걸음을 용기 있게 내딛을 수 있다면.

강인한 삶으로의 변화에 있어 가장 기본이 되는 마음의 자세가 있다. 인간으로서 죽는 순간까지 끝없이 이어질 삶의 고통을 피하지 않고 견뎌내겠다는 각오다. 무거운 짐을 계속 들고 있으면 어깨와 팔이 빠질 듯이 아프다. 삶의 고통도 그와 같다. 그러나 인간으로서 살아가려면 내 몫으로 주어진 짐을 무겁고 힘들다는 이유로 회피해서는 안 된다. 내게 맡겨진 짐은 곧 나의 책임이다. 아무리 힘에 부쳐도, 어깨가 빠질 것 같아도 도망치거나 내려놓을 수 없는 이유, 그것은 지켜내야 할 책임이 내게 있기 때문이다. 그것이 인간의 삶이다. 이는 인류의 숱한 선각자들이 거듭 알려준 삶의 진실이다.

그리스 신화의 거신 아틀라스는 세상을, 하늘을 영원히 떠받치고 있다. 아틀라스가 어쩌다 그런 짐을 짊어지게 되었는지는 중요하지 않다. 그 짐이 아틀라스의 몫으로 주어진 것이며, 무겁고 고통스럽다 하여 아틀라스가 책임을 저버리고 짐을 내려놓는 순간 세상이 무너진다는 점이 중요하다. 아틀라스가 짊어진 세상은 살아가는 모든 인간이 짊어진 삶의 짐이며, 인간은 저마다 한 명의 아틀라스다. 내게는 주어진 짐이 있고 지켜야 할 책임이 있다. 그 짐을 힘들다고 무책임하게 팽개치는 순간이 인간으로서의 내 최후인 것이다.

구약성경의 『창세기』에는 선악과가 등장한다. 원래 아담과 이브는 에덴동산을 누비는 다른 동물들과 똑같이 그 어떤 걱정도 없이, 자의

식도 없이, 갓 태어난 아기처럼 해맑게 살았다. 그러나 선악과를 먹고 지혜로워진 아담과 이브는 인간이란 노동, 출산, 양육, 병마 등 삶의 온갖 고통을 감당하다가 결국 노쇠하여 죽는 존재라는 운명을 깨닫게 된다. 선악과로 상징되는, 다른 동물들에 대한 인간 지성의 우월성은 삶의 피할 수 없는 고통에 대한 통절한 인식 또한 함께 요구함을 알려주는 이야기다.

인생은 고통의 바다임을 깨닫고 받아들여야 한다는 석가모니의 가르침도, 인간이 되기 위해 동굴 밖으로 나오지 않고 쑥과 마늘만 먹어야 하는 시련을 거치는 단군신화의 곰도, 인간은 인간으로서 살기 위해 피할 수 없는 삶의 고통을 인식하고 견뎌내야 한다는 것이 고대로부터 전 세계의 인류에게 공유되는 진리임을 알려준다. 삶의 고통은 세상에 태어난 모든 사람에게 반드시 찾아온다. 그 무게를 감당하기 위한 고통을 피하지 않고 정면으로 받아들이는 사람에게만 강한 인간이 될 자격이 주어진다.

독립과 책임, 모든 인생에 주어진 과업

모든 인간이 짊어져야 할 삶의 무게, 그 대부분은 두 과업이 차지한다. 첫째는 개인으로서의 독립이고, 둘째는 사회적 역할을 감당할 책임이다. 이 두 과업은 서로 꼬리를 물고 긴밀하게 맞물려 있다. 인간적 생존은 사회 속에서만 가능하므로 독립은 사회적 역할을 통해 주어진 책임을 이행함으로써 성취된다.

지구의 모든 동물은 나이가 차서 스스로 생존이 가능해지면 독립한다. 건강한 성체가 되었는데도 부모 부양을 받고 지내는 동물은 없다. 인간이 속한 포유류는 물론 조류, 파충류, 양서류, 어류도 완전한 성체가 되기 전에 모두 독립한다. 성체로서의 독립은 인간을 포함한 모든 동물이 달성해야 할 첫 번째 과업이다.

인간은 어떤 동물보다도 성장에 오랜 시간이 걸리며 긴 세월을 부모와 사회의 보호 아래 자란다. 2차 성징으로 출산이 가능한 육체적 성숙이 시작되는 데만도 생후 13~15년이 걸린다. 개와 고양이 같은 반려동물의 전체 수명에 해당한다. 거기다 복잡하고 거대한 현대사회에서 사회적 역할을 감당하려면 2차 성징 이후에도 길게는 10여 년을 추가로 교육받아야 사회에 진출할 준비가 완료될 수 있다. 출생 후 보통 1~2년 안에 성숙해 독립하는 일반 동물들과 비교해 인간의 양육에는 놀랍도록 긴 시간과 에너지가 소모되는 것이다.

그런 인간도 결국 교육이 끝나는 시점에는 부모에게서 독립해야 한다. 다른 동물보다 시기가 많이 늦을 뿐이다. 인간은 대부분의 다른 동물보다 긴 수명을 누리기에 독립해서 살아야 할 시간도 길다. 여기서 독립이란 꼭 다른 집에 산다는 말이 아니다. 부모와 함께 살더라도 경제적, 심리적으로 독립해 있다면 그것도 훌륭한 독립이다. 반면, 부모와 따로 살고 심지어 결혼하여 자신의 가정을 꾸리더라도 경제적, 심리적으로 부모에게 매사를 의존한다면 인간으로서 제대로 된 독립은 성취하지 못한 것이다.

다른 동물은 후손을 남기든 못 남기든 독립 이후 어느 시점에는 홀로 죽고, 해당 개체의 역사는 그것으로 끝이다. 코끼리나 돌고래처럼 집단생활을 하는 동물들도 있지만, 인간처럼 가족 간의 유대관계가 독립 후에도 긴밀하게 이어지며 가족과 친족 너머 복잡한 거대사회를 만들고, 살아있는 자들이 먼저 세상을 떠난 가족과 지인들에 대한 기억을 간직하고 잊지 않기 위해 기록하고 기념까지 하는 동물은 지구상에 존재하지 않는다. 인간은 이처럼 특이한 동물이기에 독립을 성취한 삶에는 두 번째 과업이 주어진다. 부양받은 은혜를 부모나 양육자가 죽을 때까지 갚고, 인간으로서 사회 속에서 살아갈 수 있었던 혜택을 사회적 역할을 통해 되돌려주는 과업이다.

나는 매사에 부모에 대한 미움과 원망이 가득하면서도 부모에게 삶의 모든 것을 의존하고, 온갖 무리한 요구를 하고, 제 말을 들어주지 않으면 폭언과 폭력까지 서슴지 않으며 부모를 괴롭히는 환자들을 무수히 보아왔다. 본인 인생의 안 풀리는 모든 일들에 대해 부모 탓을 하며 원망한다. 부모가 어려서부터 매사에 간섭하고 과잉보호했다면 그것이 원망, 어릴 때 부모가 생업에 바빠 자신을 조부모 손에 맡기고 직접 돌보지 못했으면 그것도 원망, 부모가 돈이 없어 성형수술을 안 시켜준 것이 원망, 본인이 하도 졸라서 부모가 없는 살림에 성형수술을 시켜줬는데 좀 덜 비싼 곳에서 해서 결과가 마음에 안 들면 그것도 원망, 본인 기대대로 안 풀린 모든 일들이 부모 탓이다.

그렇게 인생의 안 풀리는 일들이 전부 부모 탓이라고 원망하며 저주하면서도 막상 부모 곁에서 떠나지는 않는다. 계속 부모에게 들러붙어서 당연한 권리라도 지닌 것처럼 부모의 돈과 시간과 에너지를 갈취한다. 부모가 이제 어른이니 이러지 말고 집에서 나가라고, 제발 독립하라고 이야기하면, 부모가 어릴 때 자신에게 무슨 트라우마를 주어서 자존감이 낮아져 자기가 지금 이 모양 이 꼴이 된 것이니 죽을 때까지 내 인생 책임지라며 온갖 소란을 부린다.

이보다 추악하고 못난 꼴이 있을까? 마치 복역 기간을 마친 죄수가 교도소 측의 인권 유린이 심해서 교도소 생활이 너무 괴로웠고, 그게 너무 억울해서 교도소 밖으로 못 나가겠다고 떼를 쓰며 버티는 꼴이다. "이 교도소에서 남은 내 인생 전부 책임져! 너희들 때문에 내 아까운 인생 망친 게 억울하니까 절대 여기 담장 밖으로는 못 나가! 남은 인생 평생 이 교도소에서 살 거라고! 억지로 내보내려고 하면 자살해 버린다!" 이런 생떼를 쓰는 죄수가 있다는 소리를 들은 적 있는가?

안락함만을 추구하면 정신적 노예가 된다

인간의 존엄함을 지키려면 최소한 타인과 정신적인 면에서는 대등해야 한다. 어찌 타인으로부터 공짜로 받으려고만 하고 갚는 것은 거부할까? 그 대상이 부모든 누구든 남으로부터 오랜 세월 제공된 물질, 교육, 양육에 대해 갚지 않고, 갚을 생각도 없고, 갚을 능력을 갖추기 위한 노력조차 하지 않으면서 계속 신세만 지고, 심지어 신세지는 상대를 적반하장으로 비난하고 폭언과 저주까지 해댄다면 세상에 그보다 못나고 열등한 정신은 상상하기도 힘들다. 5현제 시대의 로마제국에 살았던 스토아학파 철학자 에픽테토스는 그런 나약한 사람들을 가리켜 인간이 가져야 할 자유로운 영혼을 스스로 내다버린 '노예', 정신적 자유를 상실한 노예라고 말했다.

내면의 힘을 단련하여 자신의 나약함을 극복하는 사람만이 나 자신의 진정한 주인이며, 진실한 정신적 자유를 누릴 수 있다. 남에게 모든 것을 의존하는 정신적 노예의 삶은, 선택의 결과와 그에 따르는 필연적 고통을 온몸으로 감당해야 하는 정신적 자유인의 삶보다 오히려 더 안락하다. 그러나 정신적 노예의 안락함을 선택했다면 자신을 먹여살려주는 타인에 대한 전면적 복종과 순종 또한 감수해야 한다. 양손에 쥔 떡을 다 가질 수는 없다.

부모에게 갚을 은혜도 없고 더 이상 바라는 것도 없어 독립한 후 부모와 관계를 끊었다. 그런 경우라도 결코 사회와의 관계가 절연될 수는 없다. 인간은 죽음의 순간까지 짊어지고 가야 할 내 몫의 짐을 사회로부터 넘겨받음으로써 독립을 성취하기 때문이다. 그 짐의 이름이 바로 '책임'이다.

인간의 대규모 집단인 사회가 없다면 인간은 인간다운 생활을 유지하기는커녕 물리적 생존조차 어려워진다. 이것이 인간이 다른 동물과 다른 점이다. 벌이나 개미같이 특수한 곤충이 아닌 대부분의 다른 동물은 생존을 위해 복잡한 사회가 필요하지 않으나, 인간은 오직 사회 속에서만 인간으로서 생존할 수 있다.

<나는 자연인이다>라는 TV 프로그램이 있다. 얼핏 보기엔 그 프로그램에 소개되는 사람들이 자연 속에서 혼자 자유롭게 사는 것처럼 보이지만, 잘 보면 그 사람들도 산 아래 가족들과 연락을 주고받고 필수적인 식량과 생존에 필요한 대부분의 물품들을 정기적으로 사회에서 보급 받고 있다. 사회의 뒷받침이 있기에 그 사람들이 자연 속에서 안전하게 유유자적한 삶을 즐길 수 있는 것이지, 산에서 살고 있다 하여 인간사회와 동떨어져 모든 것을 자급자족하는 로빈슨 크루소의 삶을 살고 있지는 않은 것이다. 그 '자연인'들은 단지 보통사람들의 주거지에서 좀 더 멀리 떨어진 별장의 개념으로 자연을 이용하고 있을 뿐이다.

부모로부터 독립한 인간의 책임은 사회적 역할을 통해 눈덩이 굴리

듯 커진다. 사회에는 내가 개인적으로는 알지 못하지만 내 사회적 역할을 통해 서로 영향을 주고받는 불특정 다수의 사람들이 존재한다. 또한 친구나 직장동료처럼 자주 얼굴을 보며 친밀한 정서적 관계를 맺고 특정한 사회적 책임을 공유하면서 공동의 이익을 위해 협력하는 사람들도 존재한다. 결혼해 배우자가 생기고 자녀가 생긴다면, 선택과 무관히 태어날 때부터 연결된 부모형제와 달리 나의 배우자 선택으로부터 비롯된 가족과 그에 대한 책임이 생겨난다. 양육의 은혜를 부모의 죽음 전까지 지속적으로 갚아나가는 것은 기본이고, 여기에 내가 선택한 배우자, 자녀, 친구, 동료들에 대한 책임도 추가된다.

결혼이라는 중대한 계약을 맺은 배우자와는 서로 오랫동안 의리를 지키며 노동을 분담하고 재산을 공유하며 자녀를 함께 양육할 책임이 생긴다. 자녀에 대해서는 성인이 될 때까지 잘 보호하고 올바른 인간으로 키워 독립시킬 책임이 생긴다. 절친한 친구와는 힘들 때 서로 돕고 격려하며 시기질투하지 않고 인격을 함께 갈고닦으며 오랫동안 같이 발전해나갈 책임이 생긴다. 일을 같이 하는 동료들과는 업무와 연관된 책임을 서로 미루지 않고 협력하며 경우에 따라서는 선의의 경쟁도 하면서 업무에서 생겨나는 이익을 잘 지켜내어 직장을 건전하게 유지하고 발전시킬 책임이 생긴다.

왜 강해질 의무가 아니라 권리인가?

개인으로서의 독립 그리고 가족과 사회에 대한 책임, 이 두 가지는 인간으로 태어났기에 반드시 감당해야 할, 인생에서 가장 무겁고 중요한 과업이다. 가능한 빨리 독립하여 부모의 짐을 덜어주고, 양육의 은혜를 되갚고, 배우자, 자녀, 친구, 동료, 나아가 나의 인간적 생존이 가능하게 해주는 사회에 대한 책임을 내 생명이 다하는 순간까지 감당하는 것, 그 짐을 짊어지고 쉼 없이 앞으로 나아가는 것은 결코 쉽지 않다. 이 기나긴 과업의 수행을 위해 우리는 몸과 마음을 단련하여 매일 조금씩 더 강인해져야 한다. 어제보다 오늘, 오늘보다 내일, 조금이라도 더 무거운 짐을 견뎌낼 수 있는 사람으로 발전하려면 끊임없이 마음의 힘을 단련해야 한다. 모든 인간은 어머니 자궁 속에서 심장이 박동하는 시초의 순간부터 삶의 무게를 감당하기 위해 '강해질 권리'를 부여받은 것이다.

삶의 무게를 감당하기 위해 강해질 권리라고? 그런데 왜 '권리'일까? 혹시 그것은 '강해질 의무'가 더 적절한 표현 아닐까?

의무도 물론 틀린 표현은 아니다. 하지만 인간으로서 강해질 의무와 권리, 두 표현 중 굳이 하나만을 선택한다면 무엇이 더 적합할지 생각해보자. 부모가 자녀를 과잉보호하고 자녀의 이기적 욕구를 그것이 무엇이든 즉시 충족시켜주어서, 응석받이로 자란 자녀가 성인이 된 후에도 결국 부모에게 모든 것을 의존하는 나약하고 못난 인간이 되었다 해보자. 이 부모는 자녀가 스스로 강해질 수 있었던 기회를 무참히 박탈한 셈이다. 철없는 자녀가 아무리 떼를 쓰고 보채도 어릴 때부터 인생의 쓴맛을 알도록 하고, 즉각적 욕구와 쾌락의 충족을 참고 견디는 힘을 길러주며, 물질이든 환경이든 부모의 것과 스스로 성취한 것을 제대로 구분할 수 있도록, 부모의 것을 모두 자신의 것으로 여기는 못난 착각을 하지 않도록, 그렇게 올바르게 양육했다면 자녀는 더 성숙하고 책임감 있는 성인이 되었을지도 모른다.

정신적으로 강해질 수 있는 단련의 기회가 어릴 때부터 지속적으로 박탈되면, 인간은 은혜도 감사도 모르는 나약하고 이기적인 못난이가 되기 쉽다. 무한대의 과잉보호를 받고, 원하는 감각적 욕구는 무엇이든 즉시 충족하며 자라는 독재자의 자녀들이 대개 나태하고 방탕한 인간이 되는 것은 스스로 정신을 단련하여 강해질 기회를 처음부터 박탈당했기 때문이다.

신화에는 영웅들이 등장한다. 온몸이 활활 타들어가는 열기를 이겨내며 아홉 개의 태양을 차례차례 활로 쏘아 떨어트리고, 눈이 마주치면 영원히 돌이 되어 굳어질 위험을 무릅쓰고 메두사의 목을 베고, 황금 양털을 찾아 괴물들이 득실거리는 세상 끝으로 항해를 떠나는, 앞을 가로막는 그 어떤 고난도 이겨내고야 마는 신화 속 영웅들의 의지는 인간이 마음속에서 소망하는 정신적 강인함의 상징이다. 모든 인간의 마음에는 나태한 방탕아가 아닌 신화 속 영웅을 닮고 싶은 소망이 존재한다. 그 소망의 힘이 신화시대가 아득한 과거로 사라져간 지금도 영웅이 등장하는 대중문화에 우리를 몰입하게 한다.

헤라클레스는 헤라의 터무니없는 질투와 끝도 없는 괴롭힘을 견디며 속죄를 위한 12가지 과업을 끝내 완수하여 자신과의 약속을 지켰다. 현실의 참담한 고통에 굴하지 않으려면 우리에게도 영웅의 정신이 필요하다. 헤라클레스처럼 우리에게도 완수해야 할 12가지 고통스러운 과업이 있고 지켜야 할 자신과의 약속이 있기 때문이다. 강해지고자 하는 근원적 소망의 실현은 그래서 권리라 부를 수 있다.

내가 사랑할 수 있는 내가 되기 위하여

고통스럽더라도 변화를 위해 용기를 내보자, 그래서 현재의 나태하고 한심한 모습에서 탈출해보자, 이렇게 조언할 때 종종 나오는 반응이 있다.

"저는 이 상태가 더 편한데 왜요? 어차피 한 번 사는 인생 즐겁고 편한 것만 하면서 행복하게 살면 되잖아요. 인생에 정답이 있나요?"

이 사람은 동물적, 감각적 욕구의 충족을 행복이라고 착각하고 있다. 행복은 모든 생물 중 오직 인간만이 창조한 추상적 개념이다. 오감이 즐겁고 편안한 감각적 만족만을 지상목표로 추구하는 자에게는 동물적 욕구 충족이란 말이 어울릴 뿐 인간적 행복이란 말은 어울리지 않는다.

나태함에 사로잡혀 삶의 모든 목표를 상실하고 인간으로서의 내면이 참담해진 채 살고 있다면 심리적으로 불행한 것이 지극히 정상이다. 이때 느껴지는 우울감과 자괴감은 인간이라면 이대로 살면 안 된다는 내면의 절규이며, 인간 모두에게 주어진 강해질 권리를 더는 늦지 않게 지켜내라는 내 무의식의 부르짖음인 것이다.

"있는 그대로의 나를 받아들이고 사랑하게 되면 자존감이 높아지고 우울증도 낫는대요. 그런데 내 모습이 너무 못나서 아무리 노력해도 나를 사랑할 수가 없어요. 그래서 내가 계속 우울한 건가 봐요. 내가 나를 사랑하지 못해서."

이런 고민을 털어놓는 환자들도 많다. 하나의 정답이 있을까만 나는 이렇게 대답한다.

나를 사랑하라는 것은 현실의 나약하고 나태한 내 모습 그대로를 받아들이고 사랑하라는 이야기가 아니라고. 내 삶의 원칙을 스스로 규정하고, 그 원칙을 따르겠다는 자신과의 약속을 지키기 위해 피땀 흘려 앞으로 나아가는 것만이 자신을 제대로 사랑하는 유일한 방법이라고. 그렇게 온 힘을 다해 노력하고 있을 때 비로소 나 자신을 사랑할 수 있는 것이라고. 환자들은 보통 되묻는다.

"이상하네요? 무슨 말씀인지 이해가 안 가요. 삶의 원칙을 정하고 그것을 지키기 위해 노력을 하라고요? 제가 들었던 건 그런 이야기가 아니었는데⋯⋯. 나를 내 못난 모습 그대로 다 받아들이고 사랑하라고 하던데⋯⋯."

나는 다시 설명한다. 당신이 누군가를 진정 아끼고 사랑한다면 그 사람이 어떤 모습으로 살아가기 바랄지 생각해보라고. 그 사람이 스스로 정한 삶의 원칙을 따르기 위해 고통을 견디며 끊임없이 노력하여 어제보다 오늘, 오늘보다 내일, 심신이 조금씩 더 강하고 성숙하게 발전하기를 바라지 않겠느냐고. 당신이 사랑한다는 그 사람이 나태함과 이기주의와 감각적 쾌락에만 빠져서 스스로 정한 삶의 원칙과는 정반대 방향으로 향하는 안타까운 인생을 살고 있는데도, 그 모습을 지켜보며 슬프고 괴롭지 않다면 당신은 정말로 그 사람을 사랑하는 것이 아니라고.

그리고 이어서 설명한다. 자신을 사랑하는 것과 남을 사랑하는 것에는 똑같은 기준이 적용된다고. 꼭 지키겠다고 스스로 약속한 삶의 원칙대로 살고 있지 못할 때, 그런 자신에 대해 우울감과 자괴감을 느끼는 것은 지극히 정상적인 심리반응이라고. 나태하고 나약하게 살아가는 무책임한 자신을 있는 모습 그대로 받아들이고 사랑해야 우울증이 낫는다는 말은 헛소리에 불과하며, 그것은 스스로에 대한 기만일 뿐 진실로 자신을 사랑하는 것이 될 수 없다고.

2장

자존감이 너무 낮아서 문제라는데

언제부터인가 우리 사회에 '자존감'이란 용어가 유행하고 있다.
"낮은 자존감이 문제입니다. 자존감을 높여야 합니다."
어디서나 들을 수 있다. 진료할 때도 환자들로부터 자존감이란 말
을 대단히 자주 듣는다.

"대학생 딸이 습관적으로 자해를 해요. 전에 상담센터에 데리고
갔더니 딸이 자존감이 낮은 게 자해의 원인이라고, 치료하려면 자
존감을 먼저 높여야 한대요."
"어릴 때부터 부모에게 무시당하고 상처받아서 열등감이 심해지
고 자존감이 낮아졌나 봐요. 만성적인 우울증을 고치려면 자존감
을 높여야 한다던데 도대체 이제 와서 어떻게 해야 한다는 거죠?"
"너무 참고 당하고만 살아서 자존감이 낮아졌어요. 중학교 때 반
전체 아이들에게 왕따를 당한 이후로 한 번도 자존감이 높았던 적
이 없어요."

상담하면서 흔히 듣는 이야기다.

자존감이 도대체 무엇인지 그 실체는 그렇다 치고, 아무튼 다들 이구동성으로 자존감을 높이고 싶다니 자존감이란 것은 분명 높을수록 좋은 것인가 보다.

자존감은 높아야만 한다는데, 부모의 과거 양육 태도에서 혹은 성장과정에서 다른 사람들로부터 마음의 상처를 받은 것이 현재 자존감이 낮은 원인이라면 어떻게 해야 할까? 나에게 마음의 상처를 준 사람들에게 사과를 요구하면 될까? 어린 시절 심리적 트라우마를 입은 결정적 순간을 상담을 통해 찾아내어 상대편에게 털어놓으면, 그쪽에서 미안하다며 순순히 사과하고 용서해달라 말할까? 부모는 항상 나를 공감해주고 상처 안 주려고 갖은 노력을 하며 길렀다는데, 내 생각은 정반대라면 어떻게 해야 할까? 격렬하게 말다툼해서 기어이 부모를 이겨 사과를 받으면 정말로 내 낮은 자존감이 올라갈까?

만약 억지로 감정을 누르고 살아 자존감이 낮아졌다면, 이제부터 참지 않고 내 마음이 가는 대로 행동하며 살면 자존감이 높아질까? 칭찬을 많이 듣고 존중받아야 자존감이 올라가는 것이라면, 나를 무시하는 사람들과는 관계를 끊어야 할까? 나에 대해 비판은 일절 안 하고 칭찬만 해주는 사람들하고만 어울리는 게 현실에서 가능하지도 않겠지만, 혹시라도 그런 일이 가능하다면 내 낮아진 자존감이 정말 올라갈까?

의문이 꼬리를 물고 떠오른다.

자존감은 일견 비슷해 보이는 '자존심'이나 '자신감'과는 다른 개념이라는데 뭐가 어떻게 다를까? 행복하게 살기 위해 자존감을 반드시 높여야 한다면, 도대체 그 자존감을 어떻게 높일 수 있을까? 자존감이란 말이 뜬구름 잡듯이 모호하다 보니 수많은 궁금증이 생겨난다.

'자존감'이란 과연 무엇일까? 놀랍게도 '자존감'이란 원래 국어사전에 없던, 한국어에 존재하지 않던 단어다. 자존감은 '자아존중감'의 약어로, 영어의 '셀프 에스팀 *self-esteem*'을 번역한 용어다. '자존감', '자아존중감' 둘 다 국어사전뿐 아니라 일본어 사전, 중국어 사전에도 없으며, 다만 일본어 사전에서는 '자기긍정감'이라 번역되어 있다.

영어의 '셀프 *self*'는 보통 '자기'로, 프로이트가 주창한 심리학적 개념 '에고 *ego*'는 '자아'로 번역하는데, '셀프 에스팀'의 '셀프'를 1970~1980년대 즈음에 누군가가 '자아'로 번역한 모양이다. 결과적으로 매우 잘못된 번역이라 할 수 있다. '자기'란 '스스로'와 다를 바 없이 일상생활에서 자연스럽게 사용되는 구체적인 일상어이고, '자아'는 일상생활에서 자연스럽게 사용되지 않는 추상적이고 심리학적인 용어이기 때문이다.

'에스팀 *esteem*'을 '존중'으로 번역한 것은 적절한가? '에스팀'은 주로 어떤 분야에서의 성취, 능력, 자질에 대해 '높이 평가함'을 의미하는 단어다.

반면 한국어에서 '존중'은 다음과 같은 맥락에서 쓰인다.

'범죄자의 인권 또한 존중되어야 한다.'

'너의 인격은 존경할 수 없지만, 너를 한 사람의 인간으로 존중하고 있어.'

'에스팀'은 천부인권적 권리를 무조건 존중한다는 의미로 사용되는 단어가 아니다. 한국어에서 쓰이는 '존중'은 대체로 영어의 '리스펙트 *respect*'란 단어에 해당한다(예를 들어 Respect for basic human rights기본적 인권에 대한 존중). '범죄자의 인권도 존중되어야 한다'라는 문장에서 볼 수 있듯 객관적인 선과 악, 아름다움과 추함의 상태를 초월하여 쓰이며, '과도하게 높은 존중'이란 표현이 애초에 존재할 수 없다. 그에 반해 '평가'란 단어는 '과도하게 높은 평가'라는 말이 일상적으로 쓰이는 것에서 알 수 있듯이 객관적인 관점을 적용할 수 있다.

다시 말해 '셀프 에스팀'을 우리말 쓰임새에 맞게 올바로 번역하자면 '자기평가감'이라 해야 했을 것이다. 그런데 만약 처음에 '자기평가감'으로 번역하여 수입했다면 이 용어는 전혀 인기가 없었을 것이다. '자아존중'과 '자기평가'는 어감이 완전히 다르니까. 잘못된 번역인 '자아존중감'이 우리 마음에 훨씬 더 매력적으로 다가온다. '셀프 에스팀'을 '자기평가감'이 아닌 '자아존중감'으로 오역한 덕택에 이 용어가 한국에서 이토록 열풍을 일으켰다면 참으로 우스운 일이 아닐 수 없다.

언제부터 자존감이란 말이 사용되었나?

  미국에서 '셀프 에스팀'이란 용어가 사용되기 시작한 것은 1890년대
이후이다. 사회적으로 주목받으며 현재와 같은 맥락으로 널리 사용
되기 시작한 것은 1960년대 이후다.

  1965년, 사회학자 모리스 로젠버그가 만든 '로젠버그 셀프 에스팀
척도'의 문항은 다음과 같다. '셀프 에스팀'에 대한 연구에서 가장 많
이 사용되는 자가 설문 척도라고 한다. 자신에 대해 실패했다고 느끼
는지 유능하다고 느끼는지, 자신에 대해 만족하는지, 자신이 가치 있
는 사람이라 느끼는지, 자신에 대해 자부심과 존경심을 느끼는지 등
의 문항이다.

  다음 각 항목에 점수를 매겨본다. 합산해 15점 미만이면 '셀프 에스
팀'이 병적으로 낮다고 해석된다고 한다. (1=전혀 아님, 2=아님, 3=맞음,
4=매우 맞음, <R> 항목의 경우 1=매우 맞음, 2=맞음, 3=아님, 4=전혀 아님)

  1. 나는 적어도 다른 사람과 동등한 수준에서 가치 있는 사람이라
     느낀다.
  2. 나는 좋은 자질을 많이 지니고 있다고 느낀다.
  3. 많은 경우에 나는 실패자라고 느끼는 경향이 있다.<R>
  4. 나는 대부분의 다른 사람들만큼 유능하다.

5. 나는 자부심을 가질 만한 것이 별로 없다고 느낀다.<R>

6. 나는 자신에 대해 긍정적인 태도를 지니고 있다.

7. 전체적으로 나는 나 자신에 만족한다.

8. 나는 자신에 대해 존중심이 더 많아야 좋을 것 같다.<R>

9. 나는 분명히 때때로 내가 불필요하다고 느낀다.<R>

10. 때때로 나는 잘하는 것이 하나도 없다고 느낀다.<R>

총점 :

위의 문항들에 '자아존중 척도'란 이름이 어울리는가, 아니면 '자기평가 척도'란 이름이 어울리는가? 문항만 봐서는 '자기평가 척도'란 이름이 훨씬 걸맞아 보인다.

한국에서 '자아존중감'이란 용어가 현재의 맥락과 비슷하게 사용되기 시작한 시기는 1980년대 후반에서 1990년대 초반인 것으로 보인다. 위의 로젠버그 척도의 내용과 1993년 신문기사의 내용이 얼추 비슷한 맥락으로 사용되고 있다.

> 폭언을 듣고 자란 아이들은 특히 자신에 대한 '자아존중감self-esteem'이 형성되지 못해서 자신을 무용지물이라고 생각하거나 무기력해지기 쉽다. 그래서 자신을 학대하기도 하고 혹은 이런…….
> _1993년 11월 3일자《동아일보》기사

이 기사에서 '자아존중감'이란 용어가 '셀프 에스팀*self-esteem*'의 번역어임을 명시했으며, 현재와 비슷한 맥락으로 사용하기 시작한 것을 볼 수 있다. 이처럼 '자존감'은 한자문화권인 동양 3국 중 한국에서 미국 용어를 오역해 수입한 말이다.

자존감에 대해 생각해보기 전에 우리가 그동안 일상용어로 익숙하게 사용해온 '자존심'과 '자신감'이 '자존감'과 어떤 식으로 다르게 사용되는지를 살펴보자.

20~30년 전까지만 해도 우리나라에 그런 말 자체가 없다가 심리 관련 종사자들이 번역 수입해 근래 유행하게 된 신조어 '자존감'과는 달리, '자존심'이나 '자신감'은 오랫동안 국어사전에 등재되어 우리 일상에서 익숙하게 사용된 용어다.

자존심은 긍정적 의미로 다음과 같이 사용된다.

"고마 치아라! 사람이 자존심이 있어야지!"

"한국인으로서 자존심을 가져라!"

"손기정은 조선의 자존심!"

부정적 의미로 사용될 때는 이렇게 쓰일 수 있다.

"야! 자존심이 밥 먹여주냐? 자존심 좀 죽여!"

"쟨 자존심이 너무 세서 말썽이야. 쟤하곤 거리를 두라고."

"동생이 자존심이 너무 강해서 어디 가든 남들하고 싸우고 한 직장에서 오래 버티질 못해요."

"꼴에 자존심은 있어서. 주제 파악도 못 하고."

자신감은 긍정적 의미로 다음처럼 쓰인다.

"넌 얼마든지 할 수 있어! 지금까지 쌓아온 네 노력에 대해 자신감을 가져!"

"자신감은 끊임없는 노력과 훈련을 통해 생겨나는 것이다."

"너 정도면 예쁘고 몸매도 좋은 거야. 네가 왜 외모에 자신감이 없는지 통 이해를 못 하겠네."

부정적 의미로 사용될 때 이런 말이 나올 수 있다.

"넌 뭔데 그렇게 머리가 좋다고 자신감이 넘치니? 신기하다, 얘. 공부도 안 하고 성적도 그 모양이면서."

"이봐, 외모에 자신감이 있는 건 좋은데 일단 거울부터 좀 자세히 들여다봐야 하지 않을까?"

"아우, 저 근자감이라니. 넌 도대체 어떻게 그렇게 자신감이 넘치니? 정말 네 근자감이 부럽다, 부러워."

자존심이나 자신감은 위의 용례에서처럼 가치중립적인 용어이며, 긍정적인 의미와 부정적인 의미로 모두 사용된다.

자존심이 긍정적인 의미로 사용될 때는 개인으로서의 존엄*dignity*을 뜻하거나 국가, 민족, 출신 학교, 가문 등 특정 집단에 소속된 일원으로서의 집단적 정체성과 연관된 긍지*pride*를 뜻한다. '자존심이 너무 강하다'는 식으로 부정적인 의미로 사용될 때는, 대인관계에서 원만히 화합하지 못하고 남의 언행이 조금이라도 자신의 마음에 들지 않으면 쉽게 발끈하는 성향을 뜻한다. 자신감이 긍정적인 의미로 사용되는 경우에는 피땀 어린 노력으로 갈고닦은 실력, 선천적으로 타고난 외모나 능력 등에 대한 나 자신의 굳건한 믿음을 뜻한다. 부정적인 의미로는 본인의 재능과 실력이 객관적으로 그다지 뛰어나지 못함에도 터무니없이 스스로 높게 평가하는 사람에게 타인이 이를 '근자감(근거 없는 자신감)'이라고 지적하거나 웃음거리로 희화화하는 경우에 사용된다.

무적의 치트키, 자존감

이처럼 자존심과 자신감이 사용되는 맥락을 보면, 이 두 가지는 높을수록 좋은 것이 아니라 적당해야 좋은 것이다. 자신의 사회적 입지에 적당한 수준 이상의 자존심을 내세우면 타인과 불필요한 마찰이 생겨 주어진 사회적 역할을 감당하는 데 지장이 생긴다. 객관적 실력의 뒷받침이 없는 자신감은 타인의 빈축과 조소를 불러와 자신을 우스운 사람으로 만든다. 그러므로 『자존심 높이기』, 『자존심을 높이는 10가지 방법』, 『자신감 탐구』, 『내 자신감은 엄마가 빼앗아갔다!』와 같은 제목의 책들은 지금까지 유행한 적이 없다. 자존심, 자신감 모두

높으면 높을수록 더 좋은 것이 아니라 본인의 현실에 비추어 적당한 수준을 유지해야 좋다는 상식 아래 살아온 한국인은 자존심이나 자신감을 높이기 위해 어떻게 해야 하는지 책까지 읽어야 할 필요성이 전혀 없었기 때문이다.

최근 우리 사회에 열풍을 몰고 등장한 '자존감'이란 용어는 이들과는 달리 가치중립적인 용어가 아니다. 이 새로운 용어는 일체 부정적인 의미로 사용되지 않으며 오로지 긍정적인 맥락으로만 사용되고 있다는 점에서 매우 특수하다. '자존감'은 한국인의 일상생활에서 자연스럽게 배태된 가치중립적 용어가 아니라, 오직 긍정적인 의미와 맥락으로만 사용 가능한 인위적 심리 용어다.

그러므로 이런 식으로는 절대 쓰이지 않는다.

"자존감이 밥 먹여주니? 넌 자존감이 너무 높아서 문제야! 제발 자존감 좀 죽여!"

"웃겨! 꼴에 자존감은 있어서!"

"넌 뭘 믿고 그렇게 자존감이 높니? 완전 근거 없는 자존감이네? 야, 너 진짜 어처구니없다."

현재 한국에서 쓰이는 자존감은 낮아서 문제이지 높아서 문제가 될 수 없으며, 도리어 높을수록 더욱 좋은 어떤 심리적 특성을 의미한다. 자존감을 높이기 위해 무슨 특별한 근거나 실력이 필요하지도 않다. 자존감이란 이 단어에는 아무리 높아져도 오직 좋은 점만 있을 뿐, 그로 인해 타인과 갈등이 일어나거나 비웃음을 살 수는 없는 신기한 특성이 있다.

이렇게 되다 보니 자존감은 타인과의 감정대립이나 의견충돌 혹은 모욕, 무시와는 무관해야만 하는 용어가 되어버렸다. 대인관계에서의 갈등, 무시, 모욕으로 인해 상처받는 것은 자존심이나 자신감이지 자존감일 수는 없다는 것이다.

예를 들어 이런 조언들이다. 어딜 가나 이런 조언을 들을 수 있다.

"세상 사람들이 다 널 무시한다 해도 네 자존감이 낮아질 필요는 없어. 무시하는 사람들이 나쁜 거야."

"외모가 남들보다 예쁘지 않다고 자존감이 낮아서는 안 돼. 외모 때문에 다른 사람들에게 자꾸 열등감이 느껴져서 괴롭다면 그건 외모가 문제가 아니라 네 자존감이 낮기 때문이야."

"지위가 높고 낮고, 돈이 많고 적고, 그런 건 네 진정한 자존감과는 무관한 거야. 지금 네 모습 그대로도 넌 자존감이 얼마든지 높아도 되는 존재야. 아니 반드시 자존감이 높아야만 하는 세상에서 유일하고 소중한 존재야."

참으로 듣기에 그럴듯하고 얼핏 따뜻한 위안을 받는 느낌도 드는 말들이다. 그런데 정말까? 자존감을 높이면 열등감도, 우울감도 사라지고, 남들이 나를 무시해도 괴롭지 않게 되는 것일까? 이쯤 되면 자존감이란 것은 무적의 치트키가 아닌가?

자존감이란 말의 현재 쓰임새로 보자면, 힘든 것을 참고 묵묵히 단련하며 쌓아온 지식이나 실력이 나에게 있든 없든, 내가 실제로 유능하든 아니든 내 자존감에는 아무 상관이 없어야 한다. 그에 반해 기존의 일상생활 용어인 자존심이나 자신감은 타인과의 관계나 내 현실적 능력과 밀접히 결합해 있다.

타인이 나를 계속 무시하면 필연적으로 자존심이 손상된다.

"아, 열 받아. 너무 자존심 상해. 목구멍이 포도청이라 견디지 정말 짜증나네. 진짜 딸린 식구들만 아니면 저 XX 흠씬 패고 싶다."

내가 아무 노력도 안 했고, 남보다 뛰어난 점이 도무지 없는데 어떻게 자신감을 가질 수 있겠는가?

"평소에 체력 단련을 안 해서 체력이 저질이에요. 그래서 운동에는 도통 자신감이 없어요. 그러다 보니 점점 더 운동을 안 하게 돼요."

자존감은 이와 다르다. 한국에서 쓰이는 '자아존중감'이란 용어는 개인이 처한 객관적 상황이나 인간관계의 상호작용과는 관계없이 항상 높아야 한다는 맥락으로 사용된다. 다시 말하지만, 자신의 객관적 상황이나 대인관계에서 영향을 받는 감정을 '자존감'으로 부른다면 이 용어를 '자존심', '자신감'과 구분해서 쓰기가 불가능해진다. 객관적 상황, 나에 대한 타인의 언행, 내실을 갖추려는 내 노력과는 관계

없이 내 가치를 스스로 높이 평가하고, 자신에 대한 이런 평가가 대인관계 문제로 손상당하지 않아야 그것을 논리가 일관된 수준에서 '자존감'이라 부를 수 있다. 결국, 한국에서 쓰이는 자존감이란 말은 자존심, 자부심, 자신감 등의 일상생활 용어에서 부정적으로 쓰일 수 있는 부분을 잘라내고, 타인의 평가로 인해 영향 받는 부분도 도려내고, 나머지 부분만을 인위적으로 결합한 용어가 되었다. 이렇게 부자연스럽고 인위적인 가공을 거친 심리 용어를 시시각각으로 감정이 변화하는 실생활에 적용하는 것은 사실상 불가능하다.

"다른 사람이 당신을 무시하거나 비하한다고 당신의 자존감에 영향이 갈 필요는 없다. 당신이 남보다 잘나지 못하다고 해서 자존감이 낮아질 필요도 없다. 당신은 존재 그 자체로 소중하므로 항상 높은 자존감을 가져야 마땅하다."

이런 주장은 분명 달콤하게 들린다. 그러나 이러한 달콤한 이야기는 가상의 심리공간에서나 성립 가능할 뿐이다. 가상의 심리공간이 아닌 현실의 공간에서 자존감은 자존심, 자부심, 자신감의 형태로 드러난다. 그럴 수밖에 없다. 전자는 가상의 심리공간에만 존재하는 인공적 개념이고, 후자는 일상생활에서 자연스럽게 발생하여 마음속에서 오르락내리락하는 현실의 인간 본능이기 때문이다.

외부의 요인으로부터 독립된 자존감이란 것은 현실에서는 애초에 존재하지 않는다. 그런 것이 존재한다는 주장은 근거 없는 심리적 허구에 불과하다. 항상 자존감이 높아야 한다는 강박관념에 세뇌되면, 내외부적 요인들에 의해 자존심과 자부심과 자신감에 틈만 나면 상처받는 현실을 받아들이기 어려워 오히려 좌절감만 커진다.

당신은 사랑받기 위해 태어난 사람?

적당한 수준의 자존심, 자신감 모두 꼭 필요하지만, 현실에서 과도한 자존심이나 근거 없는 자신감을 드러내면 타인과의 관계에 갈등이 생기거나 비웃음을 사게 된다. 그래서 과도한 자존심, 자신감은 계속 유지하기가 어렵다. 자존심과 자신감은 내 상황에 비추어 적절한 수준이면 족하다. 우리는 끊임없이 자기 수양을 하여 과한 자존심을 억제하고 실제 실력에 근거한 자신감을 기르기 위해 노력해야 한다. 이는 심리적 허상인 '높을수록 좋다는 자존감'에 비해 이해하기 훨씬 쉽고 일상에서의 실천도 쉽다.

"사람은 누구나 태어나는 순간부터 생명 그 자체만으로 비할 수 없는 가치를 지닙니다. 그래서 한 명, 한 명 모두 똑같이 귀하게 존중받아야 합니다. 잘났건 못났건 사람이라면 누구나 동등한 가치를 지니고 있습니다. 그러니 당신도 누구 못지않게 존중받아야 할 귀한 사람입니다. 그러니 나 스스로 내 자아를 존중해야 합니다. 그게 자아존중감입니다. 잘나고 못난 것은 중요하지 않습니다. 객관적으로 잘나지 못해도 얼마든지 높은 자존감을 가져도 됩니다. 아니 높은 자존감을 가져야만 합니다."

바로 이 부분이 자존감이란 개념에서 자존심이나 자부심, 자신감과 달리 인간관계의 영향이 배제되는 고유한 영역이다. 분명 그럴듯하고 누구나 동의할 매력적인 메시지다. 그런데 잘 생각해보면 어디서 많이 들어본 이야기가 아닌가?

"당신은 사랑받기 위해 태어난 사람입니다. 신께서 당신을 이 세상에 창조하신 것에는 태초부터 이미 귀한 섭리와 계획이 있으셨습니다. 잘났건 못났건, 부자건 가난하건, 남자건 여자건 신 앞에서는 모두 똑같이 소중하고 귀한 존재입니다. 그러므로 당신의 존재 그 자체가 무궁한 감사의 이유입니다. 신은 당신을 태어난 모습 그대로 아무 조건 없이 무한히 사랑하십니다."

이 종교적 메시지와 자존감 메시지에 어떤 차이가 있는가? 결국 같은 이야기다. 자존감 메시지는 종교적 메시지에서 '신'을 삭제한 버전일 뿐이다.

자존감이란 개념에서 타인과의 상호작용으로 영향 받을 수 있는 부분을 제거하고 나면 위의 종교적 메시지와 똑같은 부분만이 남는다. 물론 이러한 종교적 메시지는 인류 문화의 고귀한 유산이다. 천부인권 사상도 여기서 비롯된 것이다.

이렇게 이미 너무나 잘 알려진 종교적 혹은 천부인권적 메시지에 구태여 자존감이란 모호한 용어의 탈을 씌워 사람들을 헷갈리게 할 필요가 어디에 있는가? 종교와 영역 경쟁을 하려는 것인가?

부모가 자식에게 매사에 비난만 일삼으며 악의적으로 학대한다면 자녀의 자존심, 자신감은 물론 손상될 것이다. 그러나 그러한 학대나 잘못된 양육은 이론상 자녀의 천부인권적 자존감에는 영향을 주어서는 안 되는 것이다. 진정한 자존감은 남의 영향을 받지 않는다고 하지 않는가? 그러니 항간에 자녀의 자존감을 높이는 방법이라고 알려주는 것들은 나쁘게 보자면 주장의 앞뒤가 안 맞는 엉터리이고, 좋게 보려 해도 적절한 수준의 자존심, 자신감을 유지하는 데 도움이 되는 상식적 조언을 자존감이란 매력적인 포장지로 바꿔치기한 상술에 불과한 것이다.

세상에 오로지 좋기만 한 개념, 절대 선과 같은 개념이 있다면 그것은 대부분 미성숙한 개념이다. 높으면 높을수록 더 좋다는 자존감이란 개념 또한 마찬가지다. 미성숙한 개념을 실생활에 억지로 적용하려고 하면 큰 부작용이 생긴다. 나는 자존감이라는 이 인공적 심리 용어를 현실에서 가능한 사용하지 않는 것이 그 말로 인한 갖가지 오해와 부작용을 방지하는 데 유익하다고 생각한다.

자존감을 높이라고 옆에서 시끄럽게 떠들지 않더라도 자신의 부정적인 면에 대해서는 애써 외면하고 싶고 긍정적인 면은 자꾸만 바라보고 싶은 것이 인간의 타고난 본능이다. 비판이나 훈계를 들으면 그것이 전적으로 옳은 이야기라도 기분이 나빠지고, 별 내용도 없는 칭찬이나 아첨에도 즐거워지는 것은 그것이 인간의 자연스러운 본능이기 때문이다. 하지만 객관적으로 자신을 돌아볼 때 내게 분명 부정적인 면이 많고 긍정적인 면은 적다면 어떻게 긍정적인 면만 바라보며 인생을 살 수 있겠는가? 자신의 부정적이고 모자라는 면에 대해 자꾸만 고개를 돌려 외면하는 것은 자기기만에 불과하다.

　나 자신의 긍정적인 면을 너무 과도하지도, 너무 모자라지도 않게 바라보며 적절한 자부심을 느끼려면, 그와 동시에 내게 분명히 존재하는 부정적인 면을 경계하며 살아가려면, 지속적인 정신적 단련이 필요하다. 내가 처한 객관적 상황에 비추어 과도한 자존심은 경계하고, 향후 흔들리지 않는 자신감의 원천이 될 견고한 내적 실력을 쌓아나가야 한다.

　결국, 필요한 것은 고통스러운 단련이다. 고생 없이 쉽게 행복을 손에 넣을 수 있는 비밀이 숨겨진 금송아지 따위는 원래 이 세상에 존재하지 않는다. 그것이 삶의 진실이다. 하지만 사람들은 끊임없이 정신을 단련하며 조금씩 실력을 쌓아야 한다는 지겨운 이야기보다는, 행복한 삶에 대한 멋진 깨달음이 담긴 듯한 '자존감 담론' 같은 달콤한 이야기를 훨씬 더 좋아한다. 자존감이란 개념 안에 행복의 비밀이 담겨 있다는 이야기는 순전히 헛소리에 불과한데도 지푸라기라도 잡고 싶은 나약한 마음에 사로잡히면 이런 엉터리가 몹시 매혹적으로 다가온다. 지금 이대로 변화하지 않아도 당신은 존재 그 자체로 아름답고 소중하다니 이 얼마나 듣기 좋은가? 그것만 굳게 믿으면 모든 괴로움이 다 풀린다는 게 사실이라면 힘든 노력 따위는 애초에 필요 없지 않은가 말이다.

알고 보면 대중심리 상품일 뿐

자존감이란 말이 대유행하다 보니 어떻게 하면 자존감을 높일 수 있는 것인지에 대한 갑론을박도 생긴다.

"노력해도 자존감이 높아지지 않아서 자괴감만 생겨요. 자존감을 높이면 열등감에서 벗어날 수 있다는데, 그게 안 되니까 오히려 열등감이 점점 더 심해져요. 도대체 난 왜 이렇게 못났을까요? 왜 아무리 해도 자존감이 안 높아질까요?"

이런 상황을 반영하듯이 포털 검색창에 '자존감'을 입력하면 자동완성 기능으로 "자존감 낮은 사람의 특징", "자존감 높이는 방법", "자존감 높이는 책", "자존감 높이는 글귀" 등이 쏟아져 나온다.

자존감을 높인다는 방법들을 보면 각양각색이다. 누군가는 객관적인 현실이 아무리 시궁창 같아도 보다 나은 방향으로 변화를 위해 노력하면 높은 자존감을 가질 수 있다고 말한다. 또 누군가는 현실 속의 자신을 부정하지 말고, 굳이 억지로 변화하려 하지도 말며, 있는 그대로 자기 자신을 받아들이는 것이 자존감을 높이는 진정한 비결이라고 한다. 정반대 내용이다. 자존감을 높이기 위해 구체적으로 어떤 노력을 해야 하는지, 현실의 자신을 있는 그대로 받아들인다는 것이 도대체 어떤 것인지에 이르러서는 또 제각기 여러 다른 주장이 있다.

현재 한국에서 유행하는 자존감 담론은 자존감을 절대선의 자리에 놓고 숭배한다는 점에서 종교와 어떤 면에서 상당히 흡사하다. 앞에서 여러 번 이야기했듯, '자존감'은 엄밀한 심리학 용어가 아니다. 자존감 담론은 심리학의 가면을 쓰고 종교의 영역에 살금살금 침입하여, 종교가 지금까지 대중에게 제공해왔던 위로와 위안이란 영역을 놓고 경쟁하고 있는 대중심리 상품인 것이다.

자존감 담론과는 달리 대부분의 정통 종교에는 위안과 위로의 메시지 외에도 엄격한 도덕성의 영역이 함께 존재한다. 사이비종교가 아닌 이상, 올바르고 아름다운 삶을 살기 위해 끊임없이 나약하고 나태한 본능을 이겨가며 노력하라는 강력한 자기 극복의 가르침이 그 교리 안에 존재하는 것이다. 충동적인 본능을 절제하고, 고난을 극복하며, 주어진 책임과 의무를 다하고, 내게 주어진 것에 감사하고, 타인을 배려하고, 겸손하게 행동하고, 원수를 용서하라는 가르침. 종교에는 이처럼 자기 극복을 위한 강력한 윤리적 지침이 있다. 이러한 지침은 종교를 믿는 인간의 정신을 강인하게 단련한다. 종교에서는 이를 율법, 계율 등의 용어로 부른다. 산업화 이전 전통사회의 윤리의식에는 동서양을 막론하고 그러한 종교의 영향이 강하게 배어 있다.

하지만 종교와 같은 영역으로 끼어들어 경쟁하는 자존감 담론에는 달콤한 위로와 위안만이 존재할 뿐 올바른 종교에 필수적으로 동반되는 율법, 계율, 도덕적 지침과 같은 자기 극복을 위한 방법론이 없다. 공자와 에픽테토스가 말한 극기의 정신이 자존감 운운하는 주장들에는 빠져 있는 것이다. 자존감 담론은 그래서 인간의 정신을 강하게 단련하는 정통 종교보다는 인간을 나약하게 타락시키는 사이비종교와 훨씬 더 비슷하다.

자존감을 높여준다는 여러 조언을 들여다보면, 자신의 감정이 그 무엇보다 소중하므로 책임감보다는 본인 감정을 항상 중심에 두고 판단하라 한다. 다른 사람 눈치를 보지 말라, 다른 사람 시선을 의식하지 말라, 이런 부류의 이야기들이 다 그것이다. 자존감 담론에서 추구하는 지상목표는 자신의 감정이다. 내 기분이 평온하고 좋은 게 인생의 가장 중요한 목표이므로 다른 사람을 위해 내 감정을 희생할 수 없는 것이다. 결국, 내 감정을 '신'의 위치에 올려놓고 섬기는 사이비종교가 되어버리는 것이다.

고정불변의 자존감이 현실에 존재한다는 그 자체가 전적인 허구이기 때문에 이 요사스러운 목표는 결코 도달할 수도 없고, 충족될 수도 없는 신기루이다. 뿐만 아니라 자존감 담론에 행복의 비밀이 담겨 있다고 순진하게 받아들인 사람은 원래 겪지 않았어도 될 불필요한 정신적 괴로움을 경험한다.

남이 나를 무시하고 따돌리고 함부로 하는데도 내가 처한 사회경제적 상황이 좋지 못해 속시원히 대항할 수 없다면 자존심이 상한다.

"아이고, 자존심 상해. 그래도 어쩌겠어, 자존심이 밥 먹여주나. 딸린 식구들도 있는데 화가 나도 내가 참아야지."

예전 같으면 푸념 한마디 던지고 자존심 상하는 현실을 금방 받아들이며 다음 대책을 생각했을 텐데, 일단 자존감이란 개념이 머리에 들어오면 자존심이 상하는 당연한 현상을 자연스럽게 못 받아들이고 '내 소중한 자존감이 무너진다. 큰일 났다'라고 느끼게 된다.

상황에 따라 높아지고 낮아지는 것이 당연하다고 누구나 쉽게 받아들이는 자존심과 달리, 항상 높아야 한다고 들은 자존감이 무너지는 것은 받아들이기 어려워 훨씬 큰 심리적 타격을 받는 것이다. 자존감 담론의 크나큰 폐해다.

몸이 고도로 비만하거나 남의 눈에 두드러지는 신체장애가 있다면, 잘생기고 예쁜 것과는 거리가 너무도 먼 얼굴이라면, 외모에 대해 열등감을 느끼는 것은 전혀 이상하지 않다. 만약 '자존감'이란 말을 알지 못했다면 외모에 대한 열등감을 좀 더 자연스럽게 받아들이고, 이를 보상하기 위해 식사 조절과 운동으로 몸매라도 최대한 가꾸거나,

외모가 아닌 다른 강점과 재능을 찾아 발전시키려는 노력을 통해 열등감에 대한 유익한 보상 행동이 이어졌을 수도 있다.

그런데 객관적 상황과는 별개로 자존감은 무조건 높아야 한다는 자존감 담론을 어딘가에서 주입받아 세뇌되면, 외모에 대한 내 열등감을 자연스러운 심리 현상이 아닌 자존감이 낮아서 생기는 병적인 감정으로 생각하게 된다. 자존감만 높아지면 설혹 외모가 못생겼어도 고통스러운 열등감을 느끼지 않을 것이라고 듣고, 자존감을 높이려고 이런저런 온갖 노력을 해봐도 외모에 대한 열등감이 전혀 사라지지 않는다. 그 결과, 나는 낮은 자존감을 극복하지 못하는 인간이고 계속 우울감과 열등감에 빠져 살 수밖에 없는 못난 사람이라는, 이런 지극히 비생산적인 악순환에 빠져들게 된다. 자존감은 반드시 높아야 한다는데, 높을수록 더 좋다는데 그게 안 되는 자신이 점점 더 불쌍하고 미워진다.

열등감은 나의 힘

대표적 열등감인 외모에 대한 열등감을 좀 더 살펴보자. 외모에 열등감을 느끼는 것은 결코 자존감의 문제가 아니다. 그저 내 타고난 외모가 내가 본능적으로 추구하는 외모 기준에 많이 모자라서, 나보다 잘난 외모를 지닌 사람들에 대한 열등감을 느끼는 것이 지극히 당연한 상황일 뿐이다. 이 상황을 극복하려면 우선 외모에 대한 열등감을 아주 자연스러운, 하등의 이상할 것도 없는 인간적 본능이라고 받아들여야 한다. 키 작은 사람은 키 큰 사람에 대해 열등감을 느끼고, 운동을 못하는 사람은 잘하는 사람에게 열등감을 느낀다. 그것과 똑같다. 외모에 대한 열등감이 아무리 고통스럽더라도 그 열등감을 병적인 것이 아닌 자연스러운 현상으로 받아들여야만 한다. 그래야만 외모에서 노력을 통해 바꿀 수 있는 몸매와 같은 부분은 운동과 식이요법으로 보강하고, 외모가 아닌 다른 강점과 재능을 내 안에서 발굴해 열등감의 고통을 보상하려는 자기 극복의 노력이 이어질 수 있다.

인간은 열등감의 극복을 통해 발전하는 존재다. 열등감의 고통은 미래의 발전을 위한 에너지의 원천이 될 수 있으므로 열등감은 비록 괴롭더라도 결코 유해한 감정은 아니다. 인류 역사의 모든 위대한 인물들은 열등감의 고통을 극복하면서 강해졌다.

육체미를 단련하는 보디빌더 중에는 원래 몸이 허약하고 왜소했던 사람이 많다. 권위 있는 보디빌딩 대회 미스터 유니버스에서 여러 번 우승하고 나서 영화배우로 크게 성공하고 미국 캘리포니아 주지사까지 지냈던 아놀드 슈워제네거도 어린 시절 보디빌딩을 시작하게 된 동기는 비쩍 마르고 병약한 몸에 대한 열등감 때문이었다고 한다.

고대 그리스 아테네의 웅변가 데모스테네스는 어릴 때 몸이 허약한

데다 말더듬이 심하고 발음까지 몹시 부정확해 남들의 조롱을 샀다. 거기다 어려서 아버지가 사망하고 후견인이 재산을 가로채서 교육도 충분히 받지 못했다. 열등감의 고통이 얼마나 심했겠는가? 데모스테네스는 이 고통스러운 열등감을 극복하기 위해, 일상생활에서 입에 항상 모래를 물고 말하고 언덕을 뛰어오르며 숨이 찬 상태에서 연설하는 등의 가혹한 단련법으로 체력과 용기를 기르고 웅변술 또한 독학으로 습득하여, 결국 재산을 가로챈 후견인을 직접 법정에 고소해 유창한 웅변으로 응징하고 재산을 되찾았다. 그리고 알렉산더 대왕, 카이사르 등과 나란히 『플루타르코스 영웅전』에 이름을 남기는 불세출의 웅변가가 되었다.

아놀드 슈워제네거가 선천적으로 건장한 몸으로 태어났다면, 데모스테네스가 어릴 때부터 말을 청산유수로 잘하고 구김살 없이 유복한 환경에서 윤택하게 자랐다면, 그들은 아마도 세계에 이름을 남기는 큰 성취는 이룰 수 없었을 것이다. 선천적으로 약한 육체와 열악한 환경으로 인한 열등감의 큰 고통이 피나는 노력을 불러와 그들을 대성하게 해준 것이다. 다시 말하지만 열등감의 고통은 결코 해롭지만은 않다. 자연스러운 감정인 열등감을 그것이 괴롭다는 이유로 사라져야 할 병적인 것으로 치부하고, 자존감만 높이면 고통스러운 열등감이 사라지게 된다고 살살 꼬드기는 유혹이야말로 오히려 인간에게 훨씬 유해하다.

어떤 영역에서든 나보다 우월하고 잘난 사람과 마주하면 자신감이 떨어지고 위축되는 것은 지극히 당연하다. 이러한 위축감을 자연스러운 본능으로 의연히 받아들여 겉으로 드러내지 않고 품위를 지키는 것이 슬기로운 대처법이다. 그런데 자존감이란 말에 일단 세뇌가 되고 나면, 나보다 잘난 사람 앞에서 심리적으로 주눅이 드는 자연스러운 인간 본능을 흔쾌히 받아들이지 못하게 된다. 지극히 자연스러운 상황적 위축감을 당연한 본능이라고 받아들이지 못하고 자꾸만 '내 자존감이 낮아서' 생기는 병적인 감정이라고 여기게 되니, 그럴 때마다 자존감이 낮은 나에 대한 자괴감과 혐오가 치밀어 오른다.

다음과 같은 장면을 한번 상상해보자. 나약한 신체로 인한 열등감을 극복하기 위해 체육관을 이제 막 다니기 시작한 어린 아놀드 슈워제네거에게 그가 평소에 따르던 어떤 선배가 이렇게 말한다.

"아놀드, 넌 지금도 멋있어. 몸이 약간 마르고 근력이 좀 약한 게 뭐가 어때서 그래? 힘센 애들이 좀 괴롭혀도 무시해버려. 물론 운동을 하는 것도 좋은 일이지만 이 형은 말이야, 네가 운동으로 몸을 키우기 전에 먼저 자신에 대한 자존감부터 키웠으면 좋겠어. 이리 와봐. 형과 같이 저 하늘을 보자. 잠깐 멈춰 서서 하늘에 흘러가는 저 구름을 바라봐. 그리고 잠깐 눈을 감아봐. 온몸을 스치고 지나가는 부드러운 바람이 느껴지니? 우리를 둘러싼 삼라만상이 이 얼마나 아름답니? 아놀드, 너도 이 안에 속해 있어. 넌 지금 이대로도 너무나 아름다운 존재란다."

아놀드 슈워제네거가 이 말에 감동을 받아 체육관에서 하루빨리 몸을 단련하려던 마음을 내려놓았다면 어떻게 되었을까? 아마도 미스터 유니버스, 전 세계에 이름을 알린 영화배우, 캘리포니아 주지사까지 된 불세출의 보디빌더 아놀드 슈워제네거는 세상에 없었을 것이다.

자존감이라는 함정

다시 강조하지만 '자존감'이란 용어는 자존심, 자신감, 긍지, 자부심 등에서 적당히 무해한 부분만 잘라내어 섞어놓은 인공적 개념이다. 현실에서 실시간으로 변동하는 자연스러운 감정과 정서는 인간의 두뇌 안에서 결코 인공적 자존감의 형태로 존재하지 않는다. 상황에 따라 높아지고 낮아지고 때로 상처받는 자존심, 자신감, 자부심, 긍지와 같은 인류 공통의 본능적 감정만이 비정한 현실에 실시간으로 대응하는 인간의 두뇌 속에서 변화무쌍 요동칠 뿐이다.

그러므로 자존감을 높여라, 자존감을 높이는 방법이 무엇이다, 떠드는 것은 달콤한 가짜 위안을 일시적으로 줄 수는 있지만, 현실을 살아가며 수시로 생겨나는 마음의 고통을 용기 있게 인정하고 받아들여 극복하는 것을 방해할 수밖에 없다.

자존감의 현실 버전 중 하나인 자존심은 높을수록 좋은 것이 아니다. 현재 자신의 위치에 비추어 과도하지 않은 적당한 자존심이 내게 이롭다. 사회적 입지에 비해 너무 높은 자존심은 유지도 불가능하며 주위 사람의 비웃음을 사고 갈등만 빚을 뿐이다. 현실에서 살아남아 유능함을 유지하며, 내게 주어진 인간으로서의 책임을 다하기 위해서는, 과도하게 높은 자존심을 현실과 타협해서 적절한 수준으로 조정해야만 한다.

자존감의 또 다른 현실 버전인 자신감은 끊임없는 노력으로 연마된 실질적 능력에 기반을 둘 때만 의미가 있다. 실력과 능력의 뒷받침 없는 이른바 '근자감'은 조롱거리만 될 뿐이다. 선천적으로 타고난 약점이나, 단기간에 극복하기 어려운 실력이나 능력의 격차로 인해, 나보다 어떤 방면으로든 뛰어난 사람 앞에서 자신감이 떨어지고 열등감이 느껴지는 것은 지극히 자연스러운 심리 현상이다. 자연스러운 열등감의 고통을 못 받아들이고, '저 사람이 뛰어난 게 원인이 아니라 내 자존감이 낮은 게 괴로움의 원인이다'라고 생각하면, 보상적 재능과 강점을 발굴하여 열등감을 극복하려는 동기부여의 에너지가 사라진다. 그저 자존감이 낮은 자신에 대한 혐오 속에서 끝없이 허우적거리게 될 뿐이다.

자존심이 상하는 현실을 받아들이고 타협하는 것은 결코 비굴한 행동이 아니다. 그것은 달리 생각하면 나와 가족의 사회적 생존을 위한 성숙하고 책임감 있는 선택이다.

낮은 자신감과 열등감의 원인이 현재의 내 미천한 능력과 실력에서 오는 것이라는 것을 흔쾌히 인정할 수 있는 사람은 그러한 고통스러운 감정을 변화를 위한 에너지로 전환할 수 있다.

자존감은 항상 높아야 한다는데, 나는 왜 자존감이 낮을까, 나는 왜 자꾸 부정적인 감정에 사로잡힐까, 한탄하며 주저앉아 울고 있으면 그곳이 바로 현실 속의 지옥, 생지옥이다. 자존감이란 용어는 인간에게 순간적인 가짜 위안을 제공해줄 뿐 실제로는 스스로 만들어낸 생지옥에서 영원히 허우적대도록 만든다. 이것이 바로 가상의 심리공간에서만 보이는 아름다운 신기루, 자존감이란 인공적 용어의 예기치 못했던 크나큰 부작용이다. 현실에서 자연스럽게 생겨나는, 이상할 것도 없는 당연한 마음의 고통을 있는 그대로 받아들이고 극복하도록 용기를 주는 것이 아니라, 삶의 일부로 안고 가야 할 고통 그 자체를 병적인 것, 잘못된 것이라 오도하여 결과적으로 사람의 용기를 꺾고 좌절시키는 것이다.

자존감이 낮은 자신을 동정하며 나약하게 살아가기에는 인생은 너무도 짧다. 자존감이 낮아 인생이 고통스럽고 힘들다고 울며 바닥에 누워 데굴데굴 구르며 떼를 쓸 틈 또한 없다. 내게 주어진 짐의 무게가 설혹 버겁고 괴롭더라도 내 몫의 삶의 책임을 온전히 짊어지고 나아가며, 나보다 더 힘겨워하는 가족과 친구와 동료에게 내 어깨를 선뜻 빌려주고, 그동안 받은 배려와 은혜에 끝내 보답하고야 마는 사람이 되려면 미성숙한 울음을 당장 그쳐야 한다.

더 이상 자존감은 그만!

자존감이란 요설이 독립과 책임을 회피하고 부모에게 의존하는 나태한 노예의 삶을 사는 사람들에게 부모와 맞설 수 있는 강력한 심리적 무기를 제공하고 있다. 부모가 뭐라고만 하면 부모가 어릴 때부터 자신의 자존감을 다 망쳐서 이 모양, 이 꼴이 되었다고 반격하는 것이다. 부모도 아들, 딸로부터 "당신이 항상 내 자존감 브레이커였다. 그래서 내 인생을 다 망쳤으니 남은 인생 전부 책임져라"라고 공격당하면 마음이 그만 약해진다. 자존감이란 말이 워낙 유행하다 보니 진짜 그래서 내 자녀가 이렇게 망가졌나 하고 부모 또한 헷갈리게 된다. 사회 전체에 널리 퍼져 있는 자존감 담론이 이런 요사스러운 논리를 끊임없이 공급하기 때문에 부모도 자녀도 이에 사로잡힌다.

나태한 노예의 삶, 모든 책임을 부모에게 떠넘기는 이런 삶은 안락하므로 중독성이 높고 빠져나오기 힘들다. 그러나 정신적 노예로서 살아가기를 마음 깊은 곳에서 바라는 인간은 없으므로 이 사람들의 마음은 항상 공허하고 우울하다. 그 어떤 심각한 마약중독자도 그런 인생을 진정으로 원하지는 않기에 행복할 수 없는 것과 같다. 신기루 같은 자존감 담론은 이 공허하고 우울한 사람들에게 거짓 위안과 일시적 안도감을 공급하며, 노예의 삶을 유지하기 위한 강력한 반격의 무기를 제공하고 있다.

인간은 올바르게 살기 위해 하루하루 고통을 견디며 미약하게라도 앞으로 나아가야 하는 존재다. 그래야만 내 몫의 짐을 삶을 마치는 순간까지 견뎌낼 수 있다. 서운한 일이 있더라도 내색하지 않고, 다른 사람의 실수와 잘못을 너그러이 용서하고, 내가 베푼 것에 대해 생색내지 않고 상대방의 감사를 바라지 않는, 그런 성숙하고 의연한 인간이 되기 위해서는 하루도 쉬지 않고 정신의 힘을 단련해야 한다.

인간으로서 올바르게 사는 길은 쉽고 편한 길이 아닌 힘들고 외로운 길이며 수없이 자존심을 내려놓아야 하는 길이다. 포기하고 싶은 유혹이 숱하게 생겨나는 머나먼 여정이다. 때로는 물이 없는 사막과 험준한 산맥과 가시덤불만 우거진 불모지를 맨발로 피를 흘리며 홀로 걸어가야 한다. 인간으로서 강해지는 길은 바로 그런 고통의 길이다. 자존감 담론은 주어진 삶의 책임을 나침반으로 삼아 인생이라는 거친 바다를 용기 있게 항해하려는 인간을 파멸의 암초로 유혹하는 세이렌의 노래다. 오디세우스 일행을 하마터면 파멸로 이끌 뻔했던 그지없이 달콤한 바로 그 세이렌의 노래인 것이다.

3장

공감이라는 빛

전혀 공감을 안 해줘요

요즘 '공감共感'이니 '공감능력'이니 하는 말이 유행이다. 공감이 마치 심리 문제의 만병통치약인 것처럼 말하는 사람도 있고, 자존감과 세트로 합쳐서 어릴 때부터 부모와 주위 사람들에게 공감을 많이 받고 자라면 자존감이 높은 성인으로 자라난다는 식으로 설명하기도 한다. 공감해주는 것이 바로 '심리적 심폐소생술'이라는 거창하고 황당한 주장까지 등장한다.

이러다 보니 배우자 사이에 공감이 부족한 것이 부부 갈등의 가장 큰 원인이 아니냐는 이야기를 상담할 때 자주 듣는다. 배우자의 부족한 공감능력을 비난하고 심지어 배우자에게 '소시오패스'라는 이름을 함부로 붙이면서 정말 그러한지 자문을 구하는 경우도 종종 있다. 물론 나는 대부분의 경우 이에 동의하지 않는다.

"나는 지금보다 더 많은 공감이 필요하다고 했더니 한다는 소리가 자기는 밖에서 돈 버느라 하루 종일 정신없이 시달린다고, 퇴근해서 집에 들어오면 좀 쉬고 싶은 게 당연한 거 아니냐고 오히려 나보고 공감능력이 전혀 없대요. 혹시 우리 남편이 요즘 인터넷에서 말하는 소시오패스 아닌가요?"

부부 사이에 문제가 생기면 서로 공감이 부족하다며 비난하기보다는 대등한 계약의 당사자들로서 이해관계에 대한 조심스러운 검토와 조정이 필요하다. 결혼은 법적인 계약관계이고 서로의 이해관계가 충돌할 여지가 애초부터 크다는 점을 먼저 받아들여야 한다.

'왕자와 공주는 결혼하여 예쁜 아이들을 낳고 오래오래 행복하게 살았습니다. 끝.' 동화는 이렇게 결혼으로 마무리되지만, 현실은 결혼에서부터 진정한 삶의 책임이 시작된다. 현실에서는 부부 각자의 모든 삶의 짐이 결혼 이후에 훨씬 무거워진다. 각자의 부모, 상대편 부모로부터의 기대 수준도 확 높아지고 육아노동, 가사노동 등 결혼 전에는 거의 없었던 노동이 생겨난다. 경제적으로도 내 마음대로 함부로 돈을 쓸 수 없게 된다. 그래서 결혼생활을 유지하는 것 그 자체가 정신적으로 대단히 힘든 과업이다. 부부 두 사람 다 결혼 이전보다 정신적으로 강해져야 한다. 내가 맡은 과업에 대한 책임감의 수준을 높이고, 역으로 상대방에게는 훨씬 너그러워지지 않으면 결혼생활은 결국 파탄으로 끝난다.

결혼은 많은 부분에서 사업의 동업자 관계와 흡사하다. 자본을 반씩 출자하고 서로 노동을 분담해 동업하는 상황에서 공헌도에 비례한 수익 배분이 불공평하다는 불만, 즉 이해관계의 충돌이 발생하는

데 이 상황을 어떻게 서로에 대한 공감으로 해결할 수 있을까? 동업자 둘 중 한쪽은 누가 보아도 능력이 뛰어나 더 많은 공헌을 하고, 한쪽은 적은 공헌을 하는데 수입은 똑같이 배분하고 있다. 그런 상황에서 만약에 적게 공헌하는 쪽이 도리어 자기가 손해라서 더 많은 배려가 필요하다고 이의를 제기한다면 어떻게 파트너에 대한 공감이 가능할까? 이해관계가 얽혀 서로가 자신이 손해라고 주장하는 상황에서는 애당초 공감이 제대로 작용하기가 불가능하다.

공감이란 결코 만병통치약이 아니며 인간관계에서 매우 제한적인 가치만 지닌 정서활동에 불과하다. 공감이란 개념에 인간관계의 모든 결정적인 요소가 담겨 있다고 착각하면 오히려 불필요한 갈등까지 생겨난다. 공감, 공감, 외치는 것이 인간관계에서 오히려 '덫'으로 작용하는 것이다.

부부는 재산을 공동소유하면서 두 사람 사이에 태어난 자녀가 올바르게 자라 성공하기를 바라는 등 많은 부분에서 이익을 공유한다. 사이가 좋은 부부라면 결혼 후 오랜 시간이 흐른 후에도 로맨틱한 애정으로 엮여 있기도 하다. 그러나 한편으로는 가정의 유한한 자산을 누가 어떤 식으로 사용할지, 가사 및 육아노동을 어떻게 배분할지, 생활비를 마련하고 자산을 불리기 위한 경제활동을 누가 더 많이 담당할지 등에서 부부의 이해가 극명히 충돌할 수 있다. 이런 이해관계의 직접적 충돌에서 오는 분노와 우울, 불공평하고 억울하다는 느낌이 어떻게 공감으로 해결될 수 있을까? 여기엔 이해관계의 적절한 타협과 재조정이 가능할 뿐이며, 공감이 해결방법이라 생각하면 오히려 갈등이 증폭된다. 상대방으로부터의 공감이 부족하다는 느낌은 내 입장에서 바라보는 지극히 주관적인 마음이기 때문이다. 상대는 오히려 자신이야말로 공감을 못 받고 있고 그래서 자신이 항상 손해보고 있다고 생각하는 것이 보통이다.

공감하면 끝인가?

공감이란 다른 사람의 기분을 이해하고 그에 맞춰 언행을 하는 것이다. 물론 다른 사람이 내 기분을 잘 알아주고 내 처지를 내가 느끼는 그대로 비판 없이 인정해주면, 그 결과 내 기분이 좋아지고 긍정적인 에너지가 생길 수는 있다.

그런데 여기서 반드시 생각해봐야 할 것이 있다. 내 힘든 입장과 어려운 점을 남이 반드시 알아주어야만 하는가? 나는 애당초 남이 내 수고를 알아줄 때만 기분이 좋아져서 해야 할 일을 제대로 할 수 있고, 수고를 몰라주고 인정해주지 않으면 화병이 나서 아무것도 못하는 옹졸한 인간인가? 타인이 내 노력과 수고를 알아주지 않아 속상하더라도 내색하지 않고 항상 묵묵히 자신의 책임을 다하는 강인하고 그릇이 큰 사람이 될 수는 없는가?

부부가 서로 당신은 내게 공감이 부족하다, 아니다 표현을 못 했을 뿐이다, 진짜냐 정말로 공감하는 마음이 있다면 앞으로는 더욱 분명하게 밖으로 표현해서 공감한다는 걸 내게 보여달라, 그건 좋다 그렇지만 그렇게 말하는 당신은 왜 먼저 내게 충분한 공감을 안 보여주느냐, 당신이 내게 공감을 안 해주니 나도 당신에게 공감을 못하는 것이다, 이렇게 마주보고 서로 공감이 부족하다 아우성친다면 이 얼마나 어리석고 유치한가? 공감이란 말이 유행하면서부터 세상의 부부들이 다툴 때마다 흔히 일어나는 대화다. 공감, 공감, 떠드는 것이 덫이되어 오히려 관계가 더 꼬인다.

'공감'이란 용어가 크게 유행하면서 마치 공감만 있으면 마음속 모든 고통이 치유되고 인생이 행복해질 것처럼, 공감이 어디에나 만능인 전가의 보도인 것처럼 아무데나 그 용어를 쓰고 있으니 이런 미성숙한 모습들이 오히려 늘어나는 것이다.

공감이란 마음에서 자연스럽게 우러나오는 것이다. 단지 말의 표면적 내용뿐 아니라 표정, 자세, 분위기, 말투, 음성 등 다양한 언어적, 비언어적 느낌을 통해 은연중에 상대에게 전달되는 것이지, 상대가 공감해달라 요구한다고 해서 억지로 마음을 내어 공감할 수 있는 것이 아니다. 그러므로 내게 더 많은 공감이 필요하다 상대방에게 아우성치는 것은 안쓰러운 꼴불견이 될 뿐이다.

자존감이란 용어가 엉뚱하게 쓰이고 있듯이 공감이란 용어도 이상하게 쓰이고 있다. 공감과 관련하여 인터넷에 "충조평판"이란 말이 떠돌아다닌다. 무슨 뜻인지 아는가? '충고, 조언, 평가, 판단'의 약자라는 것이다. 남이 힘들다고 하면 절대로 충조평판하지 말고 무조건적인 공감을 해주는 것이 그 사람을 위해 가장 중요하다는 말이다.

"걔는 꼴에 자존심만 세서 옳은 말은 듣기 싫어할 거고, 어차피 남의 말은 귓등으로도 안 들으니 충고라도 했다간 괜히 사이만 나빠질 거야. 그저 걔가 듣고 싶어 하는 말만 적당히 해줘."

하지만 충조평판하지 말고 그저 공감만 해주라는 말은, 실은 이처럼 상대를 달콤한 이야기만 듣고 싶어 하는 바보로 취급하고 얕잡아보는 말이다. 올바르고 유익하지만 듣기에 괴로운 이야기를 받아들일 능력이 없는 못난이로 상대를 치부하는 참으로 사악한 생각이 아닌가!

초기 불교 팔리어 경전에서 석가모니는 '아첨하는 친구'는 참된 친구인 척하는 거짓 친구이므로 멀리해야만 한다고 가르쳤다. 또한 '훌륭한 조언을 주는 친구'가 진정한 참된 친구이므로 그런 친구를 소중히 여기고 그런 친구를 위해 헌신해야 한다고 말했다. 석가모니는 또한 친구의 악행을 가로막고 선행을 하도록 북돋우는 친구가 참된 친구라고 가르쳤다. 충조평판하지 말고 공감만 하라는 정체불명의 간사한 주장에 비해 이 얼마나 당당하고 광명정대한 가르침인가!

역사를 살펴보면 어느 나라 어느 시대든 충신과 간신이 등장한다. 대부분의 경우 충조평판하며 왕의 기분을 상하게 하는 사람들이 충신이고, 왕의 귀에 듣기 좋은 공감의 말을 눈치 빠르게 쏙쏙 들려주는 사람들이 간신이다. 어리석은 왕에게 충조평판한 충신들은 유배지로 귀양을 가거나 심지어 사형을 당하기도 하고, 공감을 잘하고 비위를 잘 맞추는 간신들은 왕의 총애를 받아 승승장구하며 부귀영화를 누린다. 물론 충신을 박해하고 간신은 총애한 암군昏君들은 훗날 그 대가를 단단히 치른다. 그런 어리석은 왕은 반정세력에 의해 왕위에서 쫓겨나기도 하고, 심지어는 국가 자체가 송두리째 멸망하기도 한다. 충신을 박해하고 간신을 총애한 왕은 역사에도 영원한 오명을 남긴다.

  중국 진나라의 초대 황제 진시황의 총애를 받은 환관 조고, 삼국시대 백제의 마지막 왕 의자왕의 총신 임자, 이 두 간신은 모두 나라를 멸망으로 몰아갔다. 두 간신 모두 왕의 비위를 잘 맞추는 달콤한 공감에 특기가 있는 자들이었다. 충심을 가지고 진시황과 의자왕에게 충조평판한 충신들은 유배를 가거나 목숨을 잃었다. 그렇다! 왕이나 나라의 운명이 어찌되든 상관이 없고, 그저 왕의 총애를 받아 출세하고 내 한 몸 호강하는 것만이 목적이라면 충조평판을 피하고 오로지 듣기 좋은 공감만 해주는 것이 지극히 옳은 처세술이다. 왕이 올바른 이야기에는 질색인 어리석은 사람일수록 더욱 그러할 것이다.

그러나 그런 공감은 왕에게도, 국가에도 해로울 뿐이다. 어리석은 짓을 하는 왕에게 그 마음을 헤아려 공감만 해주는 것이 왕은 물론 국가의 앞날이나 훗날 왕에 대한 역사의 평가에 무슨 도움이 되겠는가?

적당히 듣기 좋은 말만 해준다면

공감은 만병통치약도 아니고 실은 그리 엄청난 것도 아니다. 그 말은 '배려'나 '이해심'으로 바꾸면 더 빨리 와 닿고 이상한 방향으로 과대평가할 여지가 적다.

공감이란 말이 유행하기 전에도 배려나 이해심이란 말은 일상생활에서 흔히 쓰였고, 대부분의 사람이 인간관계에서 염두에 두고 행동하는 기본 원칙이었다. 배려와 이해심은 사려 깊게 공감하는 마음을 바탕으로 하므로 실질적으로 공감과 같다. 그런데 배려나 이해심이 무슨 대단한 심리적 만병통치약이라고 누가 한 번이라도 떠든 적이 있는가?

문제 상황에서 상대에게 건설적 대안을 제시할 수 있으려면, 상대의 입장에 대한 배려와 상대의 마음에 대한 이해심이 기본이다. 상대가 충고나 조언을 받아들일 심리적 상황이 아닌 것 같으면 받아들일 수 있는 마음 상태가 될 때까지 여유를 가지고 기다려주는 지혜도 필요하다. 그러나 그것은 '공감'이란 말을 소리 높여 떠들지 않더라도 사회생활을 하다 보면 많은 사람이 저절로 갖추게 되는 기본적 정서 능력이다.

공감이란 말의 유행은 실상 기존에 사용되어온 이해심과 배려라는 알기 쉬운 말을 그럴듯하게 재포장한 대중심리학 상술에 불과하다. 힘든 상황에서 용기를 내어 시련을 극복하려면 남이야 내게 뭐라고 하든 나 스스로 의연히 떨치고 일어서서 행동하는 것이 우선되어야지, 남이 나를 공감해주면 힘이 펄펄 나서 극복을 하고 남이 나를 공감 안 해주면 와르르 무너진다는 것이 도대체 무슨 말도 안 되는 소리인가? 남의 공감 여부에 따라 내 인생이 좌우된다면, 내가 어떻게 자유로운 인간일 수 있는가? 그야말로 타인에게 얽매여 있는 나약한 노예요, 꼭두각시가 아닌가? 인간은 자기 자신의 주인일 때만 정신적으로 자유로울 수 있다고 말했던 에픽테토스가 이런 공감 타령을 들었다면 어이가 없어서 할 말을 잃었을 것이다.

상대방의 처지를 배려하고 이해심을 가지기 위해 노력해야 좋은 인간관계를 유지할 수 있다. 그러한 배려와 이해심의 발휘는 상대방을 위함이라기보다는 오히려 나 자신을 위함이다. 공감의 사례로 자주 거론되는 "말 한마디로 천냥 빚을 갚는다"는 속담, 누구나 알고 있는 이 속담은 공감의 진짜 속성을 알려준다. 이 속담을 좀 더 세밀하게 살펴보자.

먼저 '천냥 빚'이란 표현을 보자. 조선시대 상평통보 한 냥이 대략 현재의 2만 원 정도 가치라고 한다. 그러니까 '천냥 빚'은 약 2,000만 원 정도의 빚인 것이다. 속담에서 '천냥'이 거액의 돈의 상징으로 쓰인 것을 보면 대부분의 사람들이 가난했던 조선시대의 체감 가치는 아마 더 컸을 것이다.

이 속담은 어떤 관계에 적용하는 것이 어울릴까? 거액의 빚이 생겨나고 말 한마디로 그 빚이 면제될 수 있는 사이가 과연 어떤 관계일까? 일단 부모자식이나 부부 사이 같은 가족 관계가 아닌 것은 분명하다. 친구나 동업자 사이에도 도무지 어울리지 않는 표현이다. 이 속담은 사업상 거래를 하다가 내가 누군가에게 커다란 빚을 지고 그 빚을 갚기가 몹시 어렵게 된 경우에만 어울리는 표현인 것이다. 그 상황에서 내가 거액을 빚진 그 누군가의 마음에 쏙 드는 한마디를 하여 그 사람의 기분이 매우 좋아져서 내가 진 그 큰 채무를 면제받게 되었다는 것이 결국 이 속담의 내용이다. 말을 잘해서 상대방을 기분 좋아지게 했더니 내가 금전적 이득을 보았다. 상대방은 기분이 잠깐 좋아진 것 외에는 다른 이득을 본 것이 없지만, 나는 큰 이득을 보았다. 이런 속담은 나와 이해관계를 공유하지 않는 상거래 상대방과의 관계에나 적용될 수 있을 뿐이다. 그런 관계에서는 상대방의 기분에 잘 공감해주어 기분이 좋도록 만들면 내게 여러 이득이 돌아올 수 있기 때문이다.

결국 공감은 나 자신을 위해 내게서 남으로 가는 것이다. 반대 방향, 그러니까 나에 대한 타인의 공감을 당연한 것으로 기대하면 쉽게 서운해지고 그 사람과의 관계에도 문제가 생긴다. 당신이 누군가를 일부러 배려할 때 상대가 항상 그것을 알아차리는가? 마찬가지로 누군가가 당신을 그다지 공감해주지 않는 듯해도, 그 사람으로서는 이미 나름의 최선을 다해 생색을 내지 않고 조용히 뒤에서 당신을 배려하는 중일 수도 있다.

내가 바라는 만큼 누군가가 나에 대해 공감해주지 않는 것 같아 서운해도, 묵묵히 내게 주어진 책임을 다하고 서운한 마음이 겉으로 드러나지 않도록 최대한 갈무리할 수 있는, 그런 강한 정신을 가진 사람으로 발전하는 것이 인생의 올바른 목표다. 그런 사람이야말로 바로 인간으로서 강해질 권리를 제대로 지켜내고 사용하는 사람이다.

"걘 구제 불능이야. 충고고 뭐고 안 통하니까 그냥 적당히 듣기 좋은 얘기만 해줘. 망하든가 말든가 이제 자기가 알아서 할 일이지 우리가 어쩌겠어. 그냥 신경을 꺼. 가만 냅둬."

아무리 진심으로 조언해도 마음이 통하지 않고 도리어 성질만 부리는 사람에 대해 주위에서는 이런 말을 한다. 진심 어린 충고를 해줄 수도 있는 사람들로부터 이런 말을 들을 정도면 이미 판단력을 잃은 멍청이 취급을 당하는 것이다. 다른 사람에게 충고, 조언, 평가, 판단은 하지 말고 그저 공감만 해주라는 말은 바로 이렇게 타인을 바보 멍청이로 취급하라는 말이다.

공감은 만병통치약인가?

　요즘 은둔형 외톨이 자녀로 고통 받는 부모가 많다. 성인이 되어 독립할 나이가 한참 지났는데도 여러 가지 이유를 대며 부모 집 방 하나를 차지하고 부모의 경제적 자원을 탕진한다. 가사노동도 외부 노동도 모두 거부하고 부모의 간섭을 거절하며 저항한다. 이런 자녀들이 얼마나 많은지 모른다. 이들 은둔형 외톨이들의 항변은 대부분 비슷하다. 부모가 공감 안 해주고 자존감 해치며 키워서 내 인생 망쳤으니 앞으로 남은 내 인생 모두 책임지고 아무 잔소리도 하지 말고 묻지도 따지지도 말고 지금까지처럼 용돈과 감각적 안락 및 쾌락과 가사노동과 거주공간을 계속 제공하라는 것이다.

　남자든 여자든 일단 성인이 되었으면 무엇보다 먼저 선결되어야 할 과제는 부모를 포함한 타인으로부터 독립하는 것이다. 성인이 되어 독립을 못 하고 부모에게 얹혀사는 상황이라면 최소한 부모 말이라도 고분고분 잘 듣고 가사노동이라도 힘써 도와야 할 일이다. 그게 싫으면 부모 집에서 나가야 한다.

독립된 성인으로서 직장에서 상관에게 부당하게 욕먹고, 동료와 경쟁하고, 사회적 역할로 인해 만나게 되는 여러 사람에게 시달리면서 경제적, 사회적 문제를 스스로 감당하는 것은 누구에게나 힘들고 괴롭다. 그것이 부모 잔소리를 듣고 간섭받는 것보다 훨씬 힘들고 어렵다는 것을 잘 알기에 은둔형 외톨이들은 독립을 거부하고 편한 길로 후퇴하여 안주하는 것이다. 부모가 공감 안 해주고 자신들의 자존감을 어려서부터 꺾어서 인생을 망쳤다는 천편일률적인 비난이 이들이 부모를 마음대로 주무르기 위한 최고의 무기다. 도대체 부모가 이들에게 왜 공감을 해주어야 하며, 공감이 이들의 무기력하고 게으른 생활을 고치는 데 무슨 도움이 될까?

　간단하다. 이들은 알코올중독자나 마약중독자처럼 은둔형 외톨이 생활의 편안함과 안락함에 극심하게 중독된 것이다. 알코올중독이든, 마약중독이든, 아무것도 안 해도 되는 게으른 은둔형 외톨이 생활 중독이든 중독되어 폐인이 된 자를 바로잡으려면 무슨 수를 써서라도 중독 그 자체를 끊어 없애야 한다.

　"아이고, 얼마나 힘드셨으면 그래 알코올에 다 중독되셨어요. 여기 술 있고 돈 있으니 얼마든지 술 많이 드세요. 더 비싸고 좋은 술로 사서 드세요. 술 안 먹으면 불행하고 술 먹고 취하면 즐겁다는데 제가 그 마음을 몰랐네요. 정말 미안합니다. 그동안 제가 제대로 공감을 못 했네요."

은둔형 외톨이에게 공감하라는 말도 이와 똑같다.

그런데도 공감이 만병통치약이라 부르짖는 사람들은 이런 은둔형 외톨이 자녀들에게 도리어 부모가 먼저, 어린 시절부터 부모에 의해 자녀의 마음속에 쌓여온 상처를 어루만지고 사과하라는 터무니없는 조언을 한다. 자신의 인생이 안 풀리는 모든 원인은 부모의 잘못이라고, 어린 시절 부모의 공감이 부족해서 자존감에 트라우마를 입어 이렇게 되었다며, 독립하지 않기 위한 갖은 핑계를 대고 부모에 대한 협박을 일삼는 이런 자녀의 말에 부모가 그대로 따르라고 한다. 언론 매체의 공개 상담에 이런 식의 조언이 허다하게 등장한다.

이런 종류의 중독 상황은 공감으로는 전혀 해결되지 않는다. 남에게 모든 것을 의존하는 은둔형 외톨이의 게으른 생활은 대단히 안락하고 중독성이 강하기 때문에 거기서 벗어나기가 힘든 것이다. 술이나 마약에 취해 있는 동안은 세상 근심 걱정을 잊을 수 있기에 알코올중독, 마약중독이 해결하기 어려운 것과 똑같다.

충조평판해주는 사람을 더 소중히

남의 충고나 잔소리가 질색인 사람들은 다시 한번 생각해봐야 한다. 전쟁이 나서 피난하게 되었을 때, 내가 억울한 누명을 쓰고 범죄자가 되어 쫓겨 다닐 때, 천재지변이 생겨 먹을 것과 마실 것이 없을 때, 신용불량자가 되어 돈 100만 원이 절실하게 필요할 때 내게 피난처를 제공하고, 먹을 것과 마실 것을 나눠주고, 못 받을 게 뻔해도 조금이라도 내 손에 돈을 쥐어줄 사람이 누구인가? 당신에게 듣기 좋은 말로 공감을 해준 사람들은 대부분 당신이 그런 상황이 되면 거들떠보지도 않을 것이다. 잘 생각해보면 당신에게 충조평판으로 상처를 주었다는 사람들이야말로 그런 위기의 상황에서 도움을 줄 사람인 것이다. 그런 사람들을 소중히 여겨야 한다.

듣기 좋은 말로 공감해준 사람들은 대부분 당신이 어떤 잘못된 방향으로 가더라도 큰 관심이 없고 당신과의 관계도 얕은 수준이기에 그저 좋은 사이나 유지하려고 그런 달콤한 말을 해준 것이고, 충조평판으로 상처를 주었다는 사람들은 당신과 밀접한 관계에 있고 올바른 조언으로 인해 설혹 반감을 사고 충돌이 생기더라도 진심으로 당신이 옳은 방향으로 가기를 바라며 안타까워했기에 그리했음을 깨달아야 한다.

힘들다고 말하면

"힘들면 힘들다고 얼마든지 말해도 괜찮아. 엄마가 옆에 있잖아."

"남편이 바람피워서 너무 힘든데 주위 사람들한테 이야기하면 나를 불쌍하게 볼까봐 자존심 때문에 얘기를 못 하겠어요. 얘기하는 게 맞는 건가요? 얘기해야 속이 풀려서 좋아지나요?"

"왜 이렇게 될 때까지 말을 안 했어, 이 맹추야! 힘들면 힘들다고 말을 했어야지! 이 지경이 될 때까지 참고 있었어, 그래?"

"애들 기르고 시부모 신경 쓰고 너무 힘들어서 남편한테 집안일하고 육아 좀 도와달라고 얘기했더니 자기도 밖에서 힘들다고, 너만 힘든 줄 아느냐고, 여기서 뭘 어떻게 더 도와주냐 그래요. 어렵게 마음 내서 이야기했는데 너무 서운했어요."

허다하게 듣는 이야기다. 공중파 방송, 신문 칼럼, 유튜브 동영상 등을 통해 상담전문가라는 사람들이 힘든 일이 있으면 참지 말고 주위에 털어놓는 것이 마음 관리에 큰 도움이 된다고 조언한다.

"힘들면 힘들다고 주위 사람들한테 털어놓고 도움을 요청하세요. 너무 참으면 속에 쌓여서 병 됩니다."

과연 그럴까? 힘들 때 힘들다고 주위 사람들에게 솔직하게 말하면 정말로 나에게 유익할까? 물론 힘든 것을 털어놓았더니 주위 사람들이 일시적으로 더 배려해줘서 내가 잠시 편해질 수는 있다. 그렇다고 그게 나의 내적 발전에 도움이 될까? 일방적으로 남의 공감과 배려를 요구하는 게 과연 나를 위해 바람직한 일일까?

힘들면 힘들다고 말하라는 조언에는 큰 맹점이 있다. 힘들 때 도움을 요청할 수 있는 대상이 대개 부모, 배우자, 직장에서 함께 일하는 동료 등 당사자와 이해관계가 밀접하게 얽혀 있는 사람들이란 점이다. 당사자가 처한 상황에 대해 별 고민도 없이, 힘들면 힘들다고 털어놓으란 조언은 이 점을 간과했기에 무책임하다. 이해관계가 얽힌 사이에 힘들다고 도와달라고 하면 어떻게 된다는 거냐고? 그게 왜 맹점이냐고?

무작정 힘들다고 털어놓으면 상대방과의 관계가 어떻게 될지에 대해 가상의 사례를 들어보자. 내가 환자들로부터 들은 비슷한 이야기 여럿을 조합한 것이니 완전한 가상은 아니다.

당신이 친구와 반씩 출자해 작은 식당을 개업해 동업으로 운영한다. 조리사 자격이 있는 당신이 주방에서 조리를 전담하며 새벽 도매 시장에서 그날 사용할 식재료를 사오고, 친구는 홀 서빙과 접객, 계산, 기타 여러 물품 주문 및 재고 관리를 한다. 두 사람 외에 종업원은 따로 없다.

당신의 요리 솜씨도 훌륭하고 친구도 접객 태도가 싹싹하고 친절, 성실해서 가게는 잘되어 손님이 날로 붐빈다. 그런데 오랜 조리사 생활에 단련된 당신은 많은 조리를 가뿐히 해내고도 몸과 마음에 여유가 있는데, 초보자인 친구는 서빙이 익숙지 않고 생소한 일에 너무 바빠서 접시를 자주 깨먹고 급기야 주문을 잘못 받기 시작하더니 과로로 몸살이 단단히 나서 일주일간 결근을 하게 된다. 서빙과 계산대를 담당할 사람이 없으니 가게 운영에 막대한 지장이 생긴다.

며칠 혼자 요리와 서빙을 하면서 손님도 제대로 받지 못하고 고생한 당신이 친구 집에 문병을 가서 누워 있는 친구에게 말한다.

"아니 이 친구야, 힘들면 힘들다고 도와달라 이야기를 했어야지! 왜 이렇게 될 때까지 말을 안 했어!"

친구가 미안해하며 대답한다.

"미안해. 괜찮을 줄 알았지. 도와달라고 하는 게 미안해서 그동안 너무 힘들었는데 억지로 참았어."

"다음부터는 이렇게 되기 전에 미리 힘들다고 이야기하라고! 이게 뭐야, 왜 이리 사람이 미련해! 미련퉁이야?"

"알았어. 앞으론 절대 미련한 짓 안 할게. 힘들면 힘들다고 미리 얘기할게. 정말 고마워. 역시 너밖에 없다."

어떤가? 대화가 훈훈해 보이는가? 일단 여기까지는 우정이 깊은 친구 사이의 대화로 보인다. 하지만 친구가 몸이 회복되어 가게에 복귀한 후 더는 '힘든 것을 미련하게 참지 않고' 당신에게 자기가 맡은 일이 너무 힘드니 같이 대책을 세우자고 했을 때 분위기가 어떻게 바뀔까?

복귀한 친구가 그동안 힘들었던 부분을 A4 용지 한 장에 가득 프린트해 오더니 식당 문 열기 전 아침에 펼쳐 보이며 말한다.

"한번 읽어볼래? 역시 내가 너무 일이 많아서 무리였나 봐. 서빙 전담 직원을 한 명 쓰자. 물품 주문하고 재고 관리하는 것도 아무래도 네가 하는 게 나을 것 같아. 어차피 새벽에 도매시장 가서 식자재 떼어오는 것도 네가 직접 했으니까 이참에 모든 식자재와 물품 관련 주문과 재고 관리를 전문가인 네가 하는 게 나을 것 같아."

당신 마음에 짜증이 확 치밀어 오른다.

'아니, 서빙 전담 직원을 고용해서 쓰면 자기는 일이 왕창 줄어드는 거지만, 내 일에는 아무 도움도 안 되면서 수입만 줄잖아. 이 좁은 가게에 무슨 서빙 전담이 따로 필요해? 그리고 꼭두새벽 도매시장에서 고기, 생선, 채소를 내가 사오는데, 다른 식자재하고 물품 주문하고 재고 관리하는 것까지 나한테 하라고? 얘가 지금 제정신인가? 힘들면 얘기하랬지 헬렐레 정신줄 놓으란 줄 알았나?'

그래도 당신은 최대한 짜증을 억누르며 대답한다.

"손님이 지금은 잠깐 많지만 이제 곧 비수기니까 줄어들 거야. 지금 서빙직원을 뽑으면 우리 둘 인건비도 못 건져. 테이블 일곱 개밖에 안 되는 가게에 무슨 서빙 전담이 필요해? 좀 더 규모가 커져서 테이블이 지금의 두 배 정도는 되는 곳으로 이전하면 그때 생각해보자. 그리고 새벽마다 내가 도매시장 가서 일일이 식자재 떼어오고 조리를 전담하는데 여기서 또 다른 일까지 나한테 하라는 건 좀 말이 안 되는 것 같은데? 그럼 네가 하는 일이 너무 없어지잖아."

환하던 친구 표정이 딱딱하게 굳어진다.

"어? 방금 뭐라고? 말이 안 된다고? 내가 하는 게 없어진다고?"

"그래, 그렇잖아. 너 하자는 대로 하면 너는 일방적으로 편해지고 나는 일이 늘어서 힘들어지면서 오히려 서빙 월급 주느라 수입은 줄어드는 거 아냐? 너 너무 심하게 이기적이라고 생각하지 않니?"

"잠깐, 잠깐만 스톱! 그동안 쭉 보니까 너 일하는 중간 중간에 핸드폰으로 주식도 하고, 담배도 잠깐씩 피우던데? 난 하루 종일 너무 바빠서 화장실에 못 갈 때도 있어. 네가 새벽에 도매시장 가니까 내가 너 배려해서 가게 문 닫으면 너부터 일찍 보내고, 내가 매일 혼자 남아 주방하고 청소 다 하고 문 닫고 들어가잖아. 난 항상 너보다 두 시간씩 늦게 집에 가. 그거 알고 있었어? 네가 신경 쓰일까봐 미주알고주알 얘기 안 한 거야."

"뭐? 야, 난 베테랑이니까 아주 잠시 짬을 내서 릴랙스하는 거지, 잘 모르나 본데 내가 너보다 훨씬 더 바빠. 종일 요리하고 식자재 나르고 일 끝나면 온몸이 빠개질 정도로 힘들다고. 넌 일이 많은 게 아니라 서툴러서 그런 거라고! 한마디로 약해빠지고 프로정신이 없는 거라고! 까놓고 말해서 몸살 좀 나도 일은 해야지 무단결근하는 게 말이나 되니?"

"뭐가 어째? 프로정신이 없어? 약해빠졌어? 아파도 일은 해야 한다고? 지금 말 다 했니? 힘들면 무리하지 말고 얘기하라 그래서 나 진짜 너한테 감동해서 솔직하게 얘기한 건데, 그때 문병 와서 얘기한 게

몽땅 거짓말이었어? 그런 거야?"

"아, 됐어! 지금 몸 약해빠진 게 자랑이야? 집어치워! 그래서 뭐, 서빙직원? 그래 뽑아! 뽑아! 네 멋대로 어디 한번 해봐. 직원 뽑고, 뽑으라고! 글치만 네가 하는 일 나한테 떠넘길 생각은 때려치워. 서빙직원 월급 70프로는 네 수입에서 까고 난 30프로만 낼 거야. 너만 일방적으로 편해지는 거니까 네 수입에서 100프로 까도 되는 건데 엄청 양보하는 거야. 만약에 내가 일이 너무 힘들다고 주방보조 한 명 뽑겠다면 넌 기분 어떻겠어?"

"뭐? 새 직원 월급 70프로를 내 수입에서 깐다고? 더럽다 더러워. 관둬, 관둬. 그냥 나 혼자 할 테니까. 그 대신 서비스 개판 돼서 손님 줄어도 난 몰라. 알았어?"

"뭐? 서비스 개판? 만약에 그딴 식으로 무책임하게 한다면 너랑은 이제 끝이야. 내 요리 실력이면 너 같은 왕초보 없어도 얼마든지 장사 잘 돼. 진실이 뭔지 알아? 넌 있으나 없으나 이 가게 운영에 하나도 도움도 안 돼. 인간이 잘 대해주면 고마운 줄을 알아야지, 무능해빠진 게. 일하기 싫으면 네가 투자한 돈 오늘 당장 전액 돌려줄 테니까 여기서 나가. 아무짝에도 쓸모없는 너 같은 건 이 가게에서 지금 당장 빠지라고!"

　힘들면 힘들다고 말하라고 해서 정말로 힘든 걸 다 이야기했을 때 흔히 일어나는 상황이다. 대화 내용은 물론 나의 상상이지만, 어떤

가? 위의 대화가 비현실적이라고 생각하는가? 현실감이 넘치지 않는가? 나는 환자들과 상담할 때 이와 비슷한 이야기를 수도 없이 들었다. 동업자 관계에서 한쪽이 힘든 걸 다 털어놓고 이야기하며 일방적으로 공감과 배려를 요구하면 흔히 이런 식으로 갈등이 심해지고 끝내는 원수가 되어 결별한다.

동업하는 두 사람 중에 최소 한쪽은 정말 너그럽고 성격이 어질어서 뭔가 손해 본다는 기분이 들어도 어지간한 일은 그럴 수도 있지 하며 참고 넘어가야 동업 관계가 오래 유지될 수 있다. 천연기념물 수달의 숫자와 능력이 떨어지는 동업자에게 끝까지 너그러울 수 있는 인격자의 숫자 중 과연 어느 쪽이 더 많을까?

공감의 사각지대

부부나 부모자식 사이도 이런 사업상의 동업자 관계와 유사한 면이 많다. 부부 사이는 원래 이익을 공유하고 노동을 분담하는 동업자 관계 같은 성격이 강하고, 부모자식 사이도 그보다는 덜하나 서로의 이해관계가 상충하는 부분이 크다.

당장 부모가 죽기 전에 사치스럽게 재산을 마구 탕진해버리고 흥청망청 살다 죽으면 부모는 힘들게 번 돈 남김없이 다 쓰고 가서 후련할지 모르겠으나, 자식은 물려받을 재산이 없어 손해를 보게 된다. 반대로 부모가 막대한 돈과 헌신적인 에너지를 쏟아부어 자녀를 길러냈는데 다 큰 자녀가 은둔형 외톨이가 되어 집에서 무위도식하면, 자식은 자기 한 몸 편안할지 모르겠으나 부모는 그동안 투입한 돈과 에너지와 시간이 허사로 돌아가 큰 손해가 된다.

부부 사이에 이해관계가 상충하는 것은 결혼을 해본 사람이라면 미주알고주알 설명할 필요도 없을 것이다. 한 집에서 누가 가사와 육아노동을 더 많이 담당하고, 누가 취미생활이나 개인 물품 구매, 술, 담배, 게임, 기타 유흥비 등에 용돈을 더 많이 쓰고, 누가 외부에서 돈을 더 많이 벌어오고, 시댁과 친정 중 누가 어디에 더 잘하고, 어디에 더 자주 방문하고, 어디에 용돈을 더 드리고, 시댁과 친정 중 어디에서 금전이나 육아에 도움을 더 많이 주고, 부부 중 어느 편이 더 상대를 배려하고 피곤할 때도 상대의 감정을 잘 받아주는지, 이런 게 모두 부부 중 한쪽이 이득을 보면 다른 한쪽은 결과적으로 손해를 보는 부분인 것이다.

부부싸움을 하면서 삿대질하고 싸워본 적이 있는 사람이라면 무슨 소리인지 아주 잘 알 것이다. 부부싸움할 때의 대화는 위의 동업자들이 다투는 가상의 대화와 매우 흡사하다. 부부 사이는 사실 동업자 관계보다 이해관계로 충돌할 쟁점이 더 많은 관계다.

이처럼 이해관계가 강하게 맞물려 돌아가는 사이에서는 어느 한쪽이 힘들다는 이야기를 고민 없이 쉽게 꺼낼수록 힘들다는 이야기를 하지 않고 참는 쪽은 상대방에 대한 공감이 아닌 짜증과 분노를 느끼게 된다. 힘들다고 끊임없이 말하는 쪽을 공감하고 배려해주려면, 배려해주는 쪽은 돈이든, 시간이든, 정신적, 육체적 에너지든 원래 자신을 위해 쓸 수 있었던 자원을 상대를 위해 양보해야 되기 때문이다. 힘들다는 상대에게 계속 공감하고 배려하다 보면 결국 '손해 본다', '억울하다'는 감정이 쌓이고, 쌓인 감정은 어느 순간 폭발한다. 동전의 양면이고 빛과 그림자다. 너무 참지 말고 힘들면 힘들다고 서슴없이 말하라는 이야기는, 힘들다는 이야기를 들어주는 상대편은 반대로 전보다 훨씬 더 많이 참고 살아야 한다는 이야기가 되는 것이다. 이런 일방적인 이야기가 어찌 제대로 된 조언이겠는가?

"힘들면 힘들다고 말해."

그럼 일상에서 흔히 듣게 되는 이 말의 정체는 도대체 무엇인가? 실은 이 말에는 말하는 사람도, 듣는 사람도 쉽게 놓치는 사각지대의 전제조건이 숨어 있다.

"이봐! 힘들어서 못 견디고 사고 쳐서 내가 나서서 수습하는 일 없도록 무슨 일 생기기 전에 미리 얘기해, 알았지?"

바로 이 말이 생략되어 있다. 무슨 사고가 날 정도까지 참다가 나까지 얽혀 있는 중요한 일을 망치게 하지는 말라는 것이 그 본뜻인 셈이다. 그러니까 언제든 힘들다고 말만 하면, 그때마다 주저 없이 더 많이 공감하고 배려하며 양보해서 상대방을 도와주겠다는 의향은 그 안에 그리 크게 포함되어 있지 않은 것이다. 언제든 얼마든지 도와주겠다는 진지한 의향이 정말로 있다면, 힘들다고 말하기 전에 이미 상대방의 힘든 기색을 알아차리고 먼저 배려해주었을 것이다.

그렇지만 말의 힘은 무섭다. 듣는 사람 처지에서는 '힘들면 힘들다고 말해'라는 말을 듣고 나면 착각에 빠진다. 앞으로 자신이 힘들다고 털어놓으면 상대가 얼마든지 특별한 공감과 배려를 해주겠다는 뜻으로 받아들이게 된다.

'힘들면 힘들다고 말해'라는 말을 곧이곧대로 믿고서 배우자, 부모, 동업자 등 이해관계가 겹치는 상대방에게 힘들 때마다 참지 않고 털어놓으면 도리어 없던 갈등도 생겨나는 원인이 될 가능성이 크다. 상대편이라고 힘들거나 속상한 게 없을 리 없고, 여러 가지 힘든 것들을 나를 배려해 참고 이야기하지 않은 경우가 많을 것이 당연하기 때문이다.

그렇다면 이해관계가 겹치지 않는 친구나 그저 약간 친한 정도의 사람에게 힘들다고 털어놓고 여러 가지 괴로운 속사정을 이야기하는 건 어떤가?

힘들다는 이야기를 당신에게서 들은 사람들 대부분은 이렇게 반응할 것이다.

"아이고 너무 힘들겠다!"

"힘들어서 어떡해요."

"정말 힘드시겠네요."

이런 공감을 아낌없이 보이고 위로해줄 수 있다. 이해관계가 겹치지 않는 사이에서는 힘들다는 이야기를 들어도 본인의 돈이나 시간, 에너지를 의미 있는 수준으로 써가면서 배려해줄 일이 없다. 그러므로 상대의 힘들어하는 푸념을 잠깐 들어주고 적당히 맞장구쳐줘도 별 손해 볼 일이 없으니 딱히 짜증이 올라오지 않는다. 그래서 쉽게 입에 발린 공감을 해줄 수 있다.

아주 절친한 사이라면 뭔가 실질적으로 당신을 도와줄 일이 있을지도 모른다. 그러나 그것도 어쩌다 한두 번이지 자꾸 그런 이야기를 하면 당신을 매사에 징징대는 사람으로 여기며 부담스러워하고 피하게될 가능성이 높다. 그 사람들 마음속에서 당신에 대한 평가가 낮아지고, 존경심이 줄어들며, 당신을 사소한 일에도 만날 힘들다고 징징대는 나약한 사람으로 여기게 만드는 역효과가 생기는 것이다.

또 이처럼 이해관계가 겹치지 않은 사람들에게 속 얘기를 하고 힘든 사정을 털어놓으면, 그 사람들이 당신의 사적인 이야기를 여기저기 퍼트리는 이른바 뒷담화를 하게 될 가능성이 매우 높다. 인터넷 메신저의 단체대화방 같은 곳에서 남의 뒷담화 한 번도 안 들어본 사람은 드물 것이다. 그런 뒷담화들은 대부분 당사자가 너무 힘들어서 주위 사람들에게 털어놓은 개인사가 여기저기 퍼져나간 것이다.

'남편이 툭하면 바람피워 이 친구가 너무너무 힘들어서 홧김에 맞바람을 피우고 있구나. 거기다 남편 몰래 빚내서 산 주식으로 쫄딱 망했고, 시어머니가 돈은 많은데 성격이 완전 사이코구나.'

누군가의 기가 막힌 속사정을 듣고 혼자서만 알고 무덤까지 비밀을 가져갈 정도로 인격이 훌륭한 사람은 매우 드물다. '임금님 귀는 당나귀 귀'가 아닌가.

힘들다는 말도 상대 기분 봐가면서

그럼 어떻게 해야 하나? 힘들면 힘들다고 말하면 안 된다는 것인가?

나와 이해관계가 겹치는 사람에게 힘들다고 말하는 것은, 결국 상대방에게 나에 대한 추가적인 배려를 해달라고 요구하는 것이다. 그 사람이 내게 추가적인 배려를 해주려면 그 사람과 나 사이에서 발생하는 이해관계를 나에게 유리한 방향으로 재조정하는 작업이 필연적이다. 이게 어찌 쉬운 일이겠는가?

관계를 악화시키지 않고 내가 힘든 것을 어필해 상대에게 배려를 받으려면 어떻게 해야 할까? 그것은 내가 요청한 배려만큼의 다른 반대급부를 제공하여 상대가 손해를 거의 보지 않거나, 배려로 인한 손해가 있더라도 상대가 충분히 감내할 수준이라야 가능하다. 다시 말해 내가 받고자 하는 배려만큼 상대에 대한 다른 부분의 배려를 제공할 생각을 먼저 하면서 조심스럽게 의사소통해야 혹 떼려다 혹 붙이는 분쟁이 생기지 않을 수 있다. 공감은 결국 나 자신의 이득을 위한 것이며 그 방향성은 받는 것이 아니라 먼저 주는 것이란 점 또한 항상 염두에 두어야 한다.

육아에 지친 전업주부가 회사원인 남편에게 말한다.

"여보, 나 너무 힘들어. 애가 종일 잠시도 가만히 안 있어. 1분도 눈을 뗄 수가 없으니 완전 파김치야. 집안 꼴 좀 봐. 나 이러다 죽을 것 같아. 낮에 베이비시터 좀 쓰자. 그리고 퇴근하면 애 좀 길게 봐줘."

부모의 물심양면의 헌신적 지원으로 명문대 공학박사 학위까지 취득하고 대기업에 연구원으로 입사해 1년 근무한 아들이 말한다.

"엄마, 나 너무 힘들어요. 이 회사 계속 다니다가는 자살하거나 미쳐버릴 것 같아. 직속 팀장이 완전 사이코야. 회사 그만두고 해외로 여행 가서 2,3년 힐링하고 싶어."

힘들면 힘들다고 말하라는 말을 듣고 와서 이런 식으로 힘들다고 쉽게 말해버리면 이해관계가 얽혀 있는 사람과 거의 백 퍼센트 분쟁과 다툼으로 이어질 뿐이다. 아내가 바라는 대로 베이비시터를 쓰고, 퇴근해서 남편이 육아노동을 더 많이 하면, 아내는 당연히 육아노동이 대폭 줄어들고 자유시간이 많아져 편해질 것이다. 그러나 남편은 회사일은 그대로면서 집에서 육아노동이 늘고 자유시간은 줄고 돈은 돈대로 더 들어가기 때문에 아내의 일방적인 이득이 된다. 이런 이야기를 듣는 남편의 마음에 어떻게 아내에 대한 공감과 배려의 마음이 생기겠는가?

아들이 바라는 대로 회사를 그만두고 해외에 나가 유람하고 다니면, 아들은 해방감에 하루하루 즐거울지도 모른다. 그러나 부모는 아들에게 오랜 세월 공부 뒷바라지와 재정적 지원을 해온 결과 이제야 대기업에 취직해서 보상이 돌아오게 되었는데, 아들에 대한 그동안의 투자가 허사가 된다. 아들이 버젓한 대기업에 다닌다는 뿌듯한 만족감도 사라지고, 아들로부터 노후의 경제적 부양을 받을 가능성도 덩달아 낮아지게 되니 부모의 일방적 손해가 된다. 부모가 아들의 마음에 공감을 못하고 화가 치밀어 오른다 해도 지극히 당연한 심리현상일 뿐이다.

"여보, 미안해. 전업주부고 애도 한 명인데 내가 역량이 아직 모자라나봐. 당신도 밖에서 일하느라 힘든데 나는 집에서 애 하나 보는 것도 힘이 들어서 다른 집안일도 못 하고 당신도 잘 못 챙겨주네. 정부지원 아이 돌보미 서비스가 있던데 그거 신청해보고, 베이비시터 와 있는 시간에 나도 오전 시간제 근무로 일해서 베이비시터 비용을 대면 돈은 더 안 들어갈 수도 있을 것 같은데, 혹시 이렇게 해봐도 괜찮을까? 당신도 힘들 텐데 나까지 신경 쓰게 해서 정말 미안해."

"엄마, 아빠, 죄송해요. 버텨보려고 했는데 아무래도 이 회사에서는 내가 미래가 없을 것 같아요. 직속상관하고 심하게 안 맞고, 파벌끼리 분쟁이 심해 제대로 일할 수가 없어요. 박사과정 지도교수님이 연결해준 미국 대학 부설연구소가 있는데, 거기서 2년 정도 박사후연구원으로 있으면서 힐링도 하고 내 경력도 업그레이드시키고 다시 돌아오면 어떨까 싶어요. 얼마 전에 그쪽 연구소장과 이메일로 연락해봤더니 언제든지 오라고 하더라고요. 1년 동안 저축한 돈도 있고 박사후연구원이라 일정 부분 생활비와 숙식비가 나온다니 엄마, 아빠가 경제적으로 도와주시지는 않아도 될 것 같아요. 기대하셨는데 정말 죄송해요. 두 분이 엄청나게 희생해서 저 길러내신 것 다 알아요. 나중에 꼭 갚을게요."

이해관계가 강하게 엮여 있는 사람에게 힘들다고 이야기해서 배려받으려고 할 때 갈등이 생기지 않으려면, 상대에게 일방적으로 손해를 본다는 느낌이 생기지 않도록 위의 사례처럼 고민을 거듭해 상대의 기분을 어떻게 배려할지부터 먼저 생각해내야 한다.

이해관계가 엮여 있지 않은 사람에게 힘들다고 이야기해서 공감과 위안을 얻고자 할 때는 먼저 그가 내 속사정을 알아도 소문내지 않을 인물인지 잘 판단하고 이야기해야 한다. 물론 판단이 맞을 것이란 보장은 없다. 사람은 대부분 남의 비밀 이야기를 들으면 소문을 내고 싶어지니까.

또 내가 힘들다고 속사정을 털어놓은 것이 내 약점이 되어 부메랑으로 돌아오지 않을 것이란 확신이 있을 때만 이야기해야 한다. 상대가 나에게 가졌던 신뢰나 존경의 마음이 깨지지 않으리란 확신도 있어야 한다. 달콤한 공감을 얻은 대가가 생각보다 훨씬 클 수 있다는 점을 항상 기억해야 한다.

다들 너만큼은 힘들어

아니 왜, 너무 힘들어서 가족한테 힘들다고 말하고 배려 좀 받겠다는데, 친한 사이에 공감 좀 받고 싶다는데 그렇게까지 고민하면서 이야기해야 하냐고? 가족 간의 사랑은 어디 갔냐고? 친구 간의 우정은 어디 갔냐고? 왜 인간성에 대해 그렇게 불신하고 살아야 하냐고? 힘들 때 힘들다고 말하면 이해관계는 선뜻 내려놓고 서로 돕고 사는 게 인간 아니냐고?

이 험난한 세상에서 힘들어 죽고 싶은 건 당신만이 아니다. 당신이 그렇게 힘든 상황이라면 당신과 이해관계가 얽혀 있는 사람들도 대부분 힘든 상황일 가능성이 높다. 공감이란 것은 상대방과의 좋은 관계를 위해 내가 자발적으로 하는 것이지, 상대방에게 내가 내놓으라고 요구할 수 있는 것이 아니다. 이해관계가 얽힌 상대방에게 힘들다고 배려해달라고 해서 내게 유리하게 이해관계를 재조정하려면, 그로 인해 손해를 보는 상대에 대한 반대급부의 배려가 없이는 필연적으로 갈등이 생긴다는 것을 명심해야 한다. 그것이 공감의 진정한 의미이며 우리 평범한 삶에서 피하지 말아야 할 진실이다. 이해관계가 얽힌 상대라면 내가 먼저 두 배의 공감을 주어야 그 절반의 공감이라도 내게 되돌아오는 것이다. 마치 맡겨놓은 물건이라도 찾는 것처럼 일방적으로 배려와 공감을 요구해서는 상대방과의 필연적인 관계악화만이 되돌아올 뿐이다.

  배우자가 있고, 부모와 자식이 있는 독립된 성인이라면 인생의 짐은 나 혼자 지고 가는 것이 아니다. 내가 짊어진 무거운 짐은 부모든, 배우자든, 직장 동료든, 다른 누군가도 함께 짊어지고 힘들게 나아가고 있는 것이다. 내 어깨가 아프다고 메고 있는 짐을 멋대로 줄이면, 그 짐에 대한 책임을 공유한 다른 사람은 내가 편해진 그 분량만큼 맡은 짐이 늘어 더 힘들어진다. 내가 어깨에 짊어진 짐이 무겁다고 땅바닥에 팽개치고 몰래 버리고 간다면, 짐 속의 내용물을 함께 쓰는 가족이나 동료들이 조만간 고통을 겪게 된다.

"힘들다고 말하고 싶을 때는 정말 잘 생각해서, 정말 고민해서 이야기해야 해. 세상에 힘든 건 너 혼자만이 아니야. 다들 너만큼은 힘들어!"

  듣기는 괴롭겠지만 이것이 진실한 조언이다. 세상은 당신만이 아닌 다른 사람 대부분에게도 몹시 힘들다. 자신에게 주어진 짐이 가장 무거운 것 같다고, 이건 뭔가 공평치 못하다고 다들 생각하며 살아간다.

주위를 유심히 살펴보라. 만약 내 동반자들도 모두 인생의 무게로 힘겨워하고 있다면, 발바닥이 다 벗겨지고 피고름이 철철 흘러도 눈물을 속으로만 삼키며 절름거리는 기색을 감추고 웃어 보이는 사람이 성숙하고 강인한 인간이요 자부심을 가진 인간이다. 당신의 어린 시절 꿈은 툭하면 힘들다고 푸념하며 내가 맡아야 할 삶의 무게를 동반자들에게 최대한 떠넘기고, 내 한 몸의 안락과 쾌락만을 추구하는 나약한 이기주의자였는가? 아니면 내 기대보다 무겁게 주어진 삶의 책임에 대해 투정부리지 않고, 힘들어하는 주위 사람들의 짐까지 묵묵히 나눠서 짊어지고 그들을 부축해주는 강인한 인간이 되는 것이었는가?

강해질 기회를 줘라

공감과 자존감이 중요하다 너무 떠들다 보니 자녀 훈육에도 큰 부작용이 생긴다. 길러준 부모에게 보답하고 다른 사람들을 배려하며 독립심과 책임감이 강한 올바른 아이로 키우겠다는 상식적인 목표가 어느 틈엔가 사라졌다. 내 소중한 아이의 마음에 상처와 구김살이 안 생기도록, 기가 안 죽도록 키우겠다는 목표가 그 자리에 대신 들어섰다. 심지어 아이가 이기적이고 난폭하며 못된 행동을 반복할 때조차 그런 행동을 하게 되는 심리에 대해 공감해주어 자존감 높은 아이로 키워야 한다고 착각한다. 어떤 부모는 심지어 아이에게 다른 사람을 배려하는 것에 앞서 자기의 솔직한 감정을 챙기는 게 최우선이라고 알려주며 자기중심적이고 무책임한 행동을 조장하기도 한다. 부모가 어딘가에서 무슨 심리 서적 같은 것들을 읽기는 읽었는데, 뭘 이해해도 한참 잘못 이해한 것이다.

"아, 우리 동우가 그래서 채영이를 때렸어요? 채영이가 동우 머리 깎고 온 것을 보고 빡빡머리라고 놀린 게 너무 속상하고 기분이 나빠서요? 그래, 우리 동우가 정말 많이 속상했겠구나. 선생님, 동우가 왜 채영이를 때렸는지 방금 잘 들으셨죠?"

"아, 그랬구나. 아빠가 밥 빨리 안 먹는다고 우리 지후한테 갑자기 고함지르고 핸드폰 빼앗아가서 한창 재밌게 하던 게임을 꺼버린 게 많이 서운했구나? 그래서 핸드폰을 바닥에 던졌는데 우연히 부서졌구나? 아빠가 지후를 한 번만 더 자상하게 타일렀으면 됐을 걸 너무했네. 우리 지후가 충분히 서운할 만했네."

"아니, 이 아줌마가? 우리 애가 뭘 그렇게 잘못했다고 고함을 지르고 난리에요? 애들끼리 놀다가 몸싸움할 수도 있지, 한 대 건드렸

다고 어디 다친 것도 아니잖아요? 어디 봐, 얘, 얼굴 좀 보자. 애개,

이거 봐, 멍도 하나 안 들었네!"

충동적으로 폭력을 써서 남을 때리고 물건을 부순 사녀를 이렇게 막무가내로 비호하는 것을 자녀에 대한 공감이라고 착각한다. 충동적인 행동에 대한 따끔한 처벌보다 그 못된 행동을 할 때 아이가 어떤 마음이었는지 알아주는 것이 우선이라고, 그것이 자녀에 대한 공감이라고, 그렇게 공감해주는 것이야말로 아이의 마음에 상처를 주지 않고 잘 키우는 방법이라고, 이처럼 너무도 터무니없는 착각을 하는 것이다.

제 기분이 나빠졌다는 이유로 남을 돌발적으로 때리고, 제 돈 주고산 것도 아닌 값비싼 핸드폰을 기분이 상했다고 집어던져 부수고, 놀이터에서 놀다가 뭐가 마음에 안 든다고 다른 애에게 주먹질하는, 이런 못된 폭력을 저지른 아이에게 도대체 무슨 공감을 해준다는 말인가? 다시는 그런 행동을 할 엄두를 못 낼 정도로 눈물이 쏙 빠질 만큼따끔한 처벌과 훈계를 하는 것이 우선되어야 하며, 못된 행동 전후 상황에서의 아이의 기분은 그 처벌의 강도를 결정할 때 아주 조금, 상식적인 수준으로 '정상 참작'해줄 수 있을 따름이다.

아이가 용납할 수 없는 못된 행동을 계속 하고 있음에도 자꾸 부딪히면 아이 성질을 버릴까봐 두렵다며 오랜 세월 방관하는 부모들이

많다. 그런 못된 행동이 계속 이어지고 있는 자체가 이미 성질을 버릴 대로 다 버렸다는 뜻인데 더 버릴 성질이 도대체 어디 있다는 말인가? 충돌이 힘들고 두려워 아이의 잘못된 행동을 계속 방치한다면 결국 어떻게 될 것인가? 필연적인 코스가 있다. 못된 짓만 골라하던 반항적인 자녀는 성인이 된 후 사회에 적응하는 데 큰 어려움을 겪을 것이다. 제 못난 자식이 행여나 마음 다칠까봐, 트라우마 입을까봐 벌벌 떠는 마음 약한 부모와 달리 현실사회는 무정하고 비정하며 피도 눈물도 없다. 사회는 당신의 아이가 당신에게 오랫동안 부려왔던 그 철없는 앙탈과 못된 행동을 결코 받아주지 않는다. 사회는 그 철딱서니 없는 행동에 대해 호되게 응징하여 당신의 아이를 잔인하게 땅바닥에 쓰러트릴 것이다.

부모에게 하던 철없는 짓을 사회에서도 익숙해진 못된 버릇 그대로 하다가 무서운 반격을 받으면, 안 그래도 정신력이 나약한 자녀는 사회에 적응할 용기를 곧바로 잃어버린다. 이미 성인이 되었지만 부모로부터의 정신적 독립이 전혀 이루어지지 않았기에, 만만한 부모의 집으로 부끄러운 줄도 모르고 후퇴한다. 사회에서 호된 맛을 보았기에 앞으로는 자기 말에 복종하는 부모 등골만 파먹으며 제멋대로 나태하게 살기 위함이다. 사회에서 자신과 비슷하게 인격이 천박한 무리들에게 배운 여러 간특한 요설을 본인에게 유리하게 활용하여 만만한 부모를 폭력적 언행으로 휘어잡고 더 커진 육체적 힘으로 부모에게 위풍당당하게 호령한다. 오직 자신을 아끼고 사랑하는 부모에게만 먹히는 추하고 슬픈 호령이다. 노쇠하고 마음이 약해진 부모의 모든 소유물을 강탈하며 철없고 못난 노예의 인생을 오랫동안 이어 간다. 자녀가 이런 추악한 인간이 되기를 바라는가?

만약 내 자녀가 다른 집 자녀들보다 물질적인 혜택이 적어서 기가 죽는 것 같다면, 원하는 만큼 즉각적인 욕구를 충족하지 못해서 구김살이 생기는 것 같다면, 그래서 열등감이 생길 것 같아 걱정이라면, 자녀에게 솔직하게 터놓고 설명하라.

"우리는 우리 집 형편에 맞춰 돈을 써야 해서 네가 원하는 불필요한 물건은 못 사준다. 친구들이 다 가졌다는 그 터무니없이 비싼 옷을 꼭 사고 싶으면 하루 빨리 능력을 키워 독립한 다음에 네 능력으로 당당히 사라. 부모 돈은 네 돈이 아니다."

"우리 집은 남들처럼 해외 어학연수를 보내줄 수 없다. 우리 노후 준비도 해야 하고 네 등록금 대주는 것만도 우리 형편엔 빠듯하다. 가고 싶으면 네가 스스로 돈을 벌어서 가라."

이렇게 설명을 해줘도 자녀가 못 받아들인다면? 다른 부모와 비교하며 강하게 반발한다면? 자녀가 워낙 철이 없어 이럴 거면 왜 자기를 낳았느냐고 울고불고 나뒹군다면? 이렇게 이야기해야 한다.

"인류 역사에서 본인이 태어나고 싶어 태어난 사람은 아무도 없다. 부모 돈은 네 돈이 아니니 욕심내지 마라. 우리가 그동안 너를 너무 오냐오냐 키웠구나. 네가 이렇게까지 철이 없도록 키운 것을 우리도 반성한다. 언젠가는 알아서 성숙해질 거라고 생각했던 것이 잘못이었다. 미안하다."

간단하다. 미숙한 자녀가 정신적으로 성숙한 인간으로 성장하려면 먼저 기가 죽어봐야 하고, 구김살이 생겨봐야 하고, 열등감을 느껴봐야 하고, 부모의 돈과 시간이 당연한 제 것이 아님을 깨달아야 하며, 부모에게 더럽다 치사하다는 감정을 느껴봐야 한다. 그래서 부모에게는 내 욕구를 다 채워줄 충분한 돈이 없고, 돈이 설사 있더라도 부모 또한 결국 남이라서 과도한 것을 요구하면 안 되고, 내가 부모에게서 제공받는 게임, 인터넷, 맛있는 음식 등의 각종 유흥과 쾌락은 철저히 부모의 호의에서 오는 것이며 내가 열심히 노력하여 자녀로서 부모의 기대에 부응하고 있을 때만 그러한 부가적 호의를 제공받을 자격이 있다는, 삶의 냉엄한 진실을 깨달아야 한다. 그래야만 자녀의 마음에 유능하고 책임감 있는 성인이 되어 부모로부터 조기에 독립하려는 동기부여가 생긴다. 그것이 바로 미숙한 자녀가 고통스러운 현실을 인식하고 받아들이며 스스로 강해지기 위한 노력을 시작할 수 있는 훌륭한 기회다.

좌절은 성격을 망치지 않는다. 좌절을 통해 내 힘이 아직 약하다는 것을 느끼고, 그것이 비록 부모의 것일지라도 남의 것과 내 것에는 명명백백한 구분이 있음을 어릴 때부터 깨닫고, 나만의 것을 내 힘으로 당당히 획득하기 위해 끊임없이 고통스럽게 분투함으로써 나약한 마음에 아주 조금씩 강인함의 싹이 트는 것이다. 끊임없이 무언가를 치고 때려 피부가 갈라지고 터지는 고통을 오랫동안 겪어야 조금씩 주먹에 굳은살이 박이며 강해지는 것이다.

좌절, 열등감, 구김살을 삶의 당연한 일부로 받아들이고 그 고통을 극복함으로써 스스로 강해지는 경험을 하지 못한 인간은 나이가 아무리 들어도 철없고 나약하다. 자녀와 다투는 것이 두려워 자녀의 부적절하고 이기적인 요구를 계속 들어주고, 자녀가 성장 과정에서 응당 경험하고 극복해야 할 삶의 시련과 좌절을 모두 부모의 힘으로 막아주면, 강해질 기회가 끝끝내 박탈된 아이는 나약하고 못난 어른으로 성장할 수밖에 없다.

4장

그렇게 살면 정말 행복한가?

"너무 참지 말고 하고 싶은 대로 하고 살아요. 참고 살면 불행해요. 하고 싶은 대로 하고 살아야 행복해져요."

"먹고 싶으면 마음껏 먹고, 자고 싶으면 마음껏 자고, 쓰고 싶으면 마음껏 쓰고 사세요. 왜 참고 살아요? 참고 살면 병나는 것 아닌가요?"

"욜로!*YOLO, You only live once* 탕진잼!(소소하게 낭비하는 재미) 한 번 사는 인생인데 하고 싶은 것만 하고 살기에도 인생은 짧잖아요."

"싫은 걸 왜 해요? 싫은 일은 억지로 하지 마세요. 왜 남의 눈치 보며 억지로 견디고 살아요? 하고 싶은 일을 찾아서 그것을 하고 사세요. 남의 눈치 보지 마세요. 내가 진정 하고 싶은 걸 하고 사는 것, 그게 바로 행복이랍니다."

"소확행!小確幸(작지만 확실한 행복) 내가 버는 것은 전부 나를 위해서 써요. 입고 싶은 것 입고, 먹고 싶은 것 먹고, 여행 가고 싶은 곳 가고, 즐기고 싶은 것 즐기고. 돈을 왜 아껴요? 젊음은 한순간인데."

흔히 듣는 이야기다. 억지로 참고 사는 것은 불행이고, 하고 싶은 대로 하고 사는 것이 행복이라는 의견이 요즘 세태에서는 대세인 것도 같다.

과연 하고 싶은 대로 하고 살면 진정한 행복을 얻게 될까? 그런데 '하고 싶다'라는 말은 도대체 무엇을 의미할까? 뭐가 하고 싶다는 것인가?

인간이 실생활에서 사용하는 어휘는 대부분 그 정의와 경계가 명확하지 않다.

> 우리말: '~싶어 하다(먹고 싶어 하다, 자고 싶어 하다)'
>
> 일본어: '호시이ほしい'
>
> 한자: 욕慾
>
> 영어: '원트 투*want to~*'

이 단어들만으로는 특별히 더 알 수 있는 것이 없다. 더 생각해보자. 우리가 일상에서 원하는 것들에 무엇이 있을까?

먼저 생물로서 가장 기본적인 욕구인 '개체보존'과 '종족보존' 본능과 연관된 여러 가지 감각적 충족이 있을 것이다. 우리는 맛있는 음식을 마음껏 먹기 원한다. 잠이 올 때는 마음껏 자기 원한다. 자신이 바라는 상대와 만족할 만큼 성관계하기를 원한다. 식욕, 성욕, 수면욕과 같은 생존과 번식의 기본적 본능 외에도 인간에게는 또 다른 감각적 충족의 본능도 있다.

비싸고 고급스러운 옷은 보온과 피부 보호 등의 기능을 넘어서서 촉각적, 시각적 욕구를 만족시키고, 외출 때 타인에 대한 과시욕을 만족시킨다. 고가의 승용차나 집 또한 고급 의류와 마찬가지로 과시욕 등의 여러 인간 본능을 충족시킨다. 일상적이지 않은 멋진 경치가 있는 곳으로 여행을 가는 것도, 일등석 비행기와 특급 호텔 등 보다 차별화되고 고급스러운 서비스를 위해 남들보다 비싼 비용을 들일수록 인간의 다양한 본능을 더 많이 충족시킨다.

욜로, 소확행에 따라 살고자 한다면 위에 나열한 여러 가지 본능들을 가능한 최대로 충족하며 사는 삶이 될 것이다. 그렇게 마음껏 먹고, 자고, 성관계하고, 비싼 옷 입고, 비싼 차를 타고, 비싼 집에 살고, 최대한 비싼 비용으로 자주 여행하면, 그러면 행복해질까? 아무리 욜로! 욜로! 힘차게 부르짖는 사람도 그렇게 쉽게 단정하지는 않을 것이다. 인생에는 감각적 본능의 충족 그 이상의 것도 있다고 생각하기 때문이다.

위에 나열한 '하고 싶은 대로 하는' 감각적 본능을 충족시키기 위한 다양한 행위들은 그것을 동시에 다 한다는 것이 거의 불가능하다. 돈이나 시간의 부족도 원인이지만 이런 여러 행동은 상호보완적이기보다는 서로 충돌하는 경우가 많기 때문이다.

매일 원하는 만큼 맛난 음식을 먹고, 자고 싶은 만큼 실컷 자는 사람이 있다고 해보자. 이렇게 살다가는 금세 비만이 찾아오고 고혈압, 당뇨병, 고지혈증 등 각종 생활습관병에 걸려 건강에 적신호가 켜진다. 병이 생기면 음식을 마음대로 먹지 못하게 된다. 비만하면 외모에 자신감이 떨어지고 성기능에도 지장이 생긴다. 신체적 매력 감소로 원하는 상대로부터 호감을 얻는 것에도 지장이 생긴다.

성공적인 경제활동을 하는 사람들이라도 비싸고 고급스러운 옷, 승용차, 집, 여행 등의 소비생활을 유지하려면 기본적인 건강이 유지되어야 하므로 먹고 자는 욕구 충족의 절제는 필수적이다. 경제적 능력을 넘어서는 소비활동을 무한대로 지속하는 것은 불가능하므로 소비 또한 어느 정도 선에서 절제할 수밖에 없다. 욕구의 절제가 안 되면 병이 나서 파멸하거나 경제적으로 파산해 무절제한 생활패턴이 강제로 종료된다.

이렇게 생각해본다면, 하고 싶은 대로 다 하고 산다는 것은 결국 허상에 불과하다는 것을 알게 된다. 하고 싶은 대로만 다 하고 살면 행복하게 되는 것이 아니라 몸에 온갖 골병이 들고 사회경제적으로 파멸한다. 이게 행복인가? 이게 행복으로 가는 올바른 길이 아니라면 어떻게 해야 하는가?

인간이 아닌 다른 포유동물들도 식욕과 성욕, 수면욕, 심지어 과시욕구까지 다 가지고 있지만, 다른 동물들은 '행복'이란 개념을 알지 못한다. 여타 동물들에게는 그저 감각적 만족만이 있을 뿐이다. 행복은 오직 인간에게만 존재하는 개념이며 인간만이 의미를 부여하는 특수한 가치에 기반을 둔다. 인간 고유의 그 특수한 가치는 무엇인가?

융로 본능과 원형 가치

정신분석의 선구자 프로이트에 이어 분석심리학의 기초를 세운 스위스 정신의학자 칼 융은 동물적 본능 추구와 구분되는 인간 고유의 소망 추구를 설명하기 위해 '원형原型, *archetype*'이란 개념을 제안했다. 원형이란 인류의 꿈과 환상, 신화 및 예술에서 반복적으로 나타나며 선사시대로부터 수만 년에 걸친 우리 조상 전체의 경험을 상징하는, 인류 전체에 공통되는 집단무의식적 이미지 혹은 패턴을 말하는 것이다.

그러한 원형들은 그리스 신화, 기독교 신구약 성경, 불교, 힌두교 신화, 세계 각국의 민담과 설화 등에 무수히 드러나 있고, 그것에는 동서양 구분 없이 공통되는 인간만의 고유한 가치가 있다. 인간만이 가지고 있는 그 원형적 가치가 바로 인간적 행복과 직결된 것이다.

그러한 인간만의 고유한 원형적 가치는 무엇인가?

먼저 건강하게 오래 살고 싶은 소망이 있다. 신화적 존재들은 불멸하거나 오래도록 장수한다. 구약성경에 등장하는 므두셀라, 노아 같은 인류의 조상들은 수백 살을 살았다. 동양의 도교에서는 불로장생하는 신선이 되는 것이 삶의 궁극적 목표였다.

  인간은 생물 중 유일하게 언젠가 자신이 죽게 된다는 수명의 개념을 알고 있다. 죽음이 존재한다는 것을 항상 잊어버리지 말라는 뜻의 고대 로마의 유명한 경구 '메멘토 모리*memento mori*'가 바로 그것이다. 건강하게 오래 살고 싶은 소망은 그러한 수명의 개념에서 온 인간적 가치이다. 유한한 생명을 살아가는 인간이 건강을 해치는 행동을 지속하며 계속 행복할 수는 없다. 그래서 건강에 해로운 폭음, 폭식, 무절제한 성생활과 불규칙한 수면은 결국 행복감을 파괴한다.

  인간에게는 나태하고 의존적인 존재가 아닌 유능하고 독립된 존재가 되고 싶은 소망도 있다. 구약성경의『잠언』에는 "게으른 자는 말하기를 사자가 밖에 있은즉 내가 나가면 거리에서 찢기겠다 하느니라"라고 자신의 나태함에 대해 핑계를 대는 자를 경계하는 구절이 나온다.

  초기 불교 팔리어 경전『숫타니파타』에는 "일어나서 앉아라. 잠을 자서 너희들에게 무슨 이익이 있는가. 화살에 맞아 고통을 받으며 괴로워하는 자에게 잠이 도대체 웬 말인가. 일어나서 앉아라. 평안을 얻기 위해 철저히 배우라. 그대들이 방일하여 그 힘에 굴복한 것을 죽음의 왕이 알고, 현혹하지 못하게 하라"라는 나태함에 대한 석가모니의 경고가 나온다.

　나태한 자는 한 인간으로서 독립할 수 없다. 직장인이든, 자영업자든, 가정주부든 타인에게 의존하지 않고 자신의 책임을 당당히 감당하며 살아가는 인간이 되는 것은 우리의 근원적 소망이다. 게으름뱅이로 타인에게 의존해 살면서도 인간으로서 진정으로 행복하거나 정신적으로 건강할 수는 없다.

　가족을 형성하고 유지하며 자신의 혈통을 이은 후손을 낳고 조상을 기념하며 면면히 대를 이어가려는 인간 고유의 소망도 있다. 족보, 가계도, 친족관계의 다양한 호칭, 유산 상속 등은 이러한 소망에서 유래되어 대부분의 인류가 공유하는 문화다.

　다른 인간들과의 연대감과 소속감에 대한 소망도 있다. 가족, 친구, 지역사회, 국가, 같은 이념과 이익을 추구하는 국가들, 전 인류, 전 지구 등의 점점 더 큰 집단으로 이러한 연대감과 소속감은 확장된다. 신화, 설화, 종교경전에는 항상 우정과 충성심과 자기희생이 등장한다. 현대에도 번성하는 수많은 친목모임, 인터넷 커뮤니티 등은 타인과의 연대감을 느끼고 싶어 하는 인간적 소망의 발로인 것이다.

　언젠가 죽게 된다는 것을 아는 존재인 인간에게는 자신의 죽음 이후에도 지속이 될 아름다움이나 가치를 창조하거나 그에 간접적으로라도 공헌하고 참여하고자 하는 소망도 있다. 음악, 미술, 시, 소설 등의 예술을 창조하고, 후세의 교육을 위한 학교를 설립하고, 인류 모두

에게 성과가 돌아갈 학문을 연구하고, 내가 죽은 후에도 지속될 장학
재단을 설립하는 등의 활동은 그러한 소망에서 비롯된 것이다.

앞의 동물적 본능을 '욜로 본능'이라 부르고, 이와 구분되는 동서고
금 면면히 이어지는 인간 고유의 소망에 담겨 있는 인간적 가치를 칼
융의 원형 개념을 빌려 '원형 가치'라 부르기로 하자.

이러한 원형 가치에서 오는 충족감은 거저 맛볼 수가 없다. 원형 가
치를 충족하려면 반드시 오랜 세월의 노력이 먼저 있어야만 한다. 그
러므로 원형 가치의 충족은 그저 감각에 몸을 맡기기만 하면 되는 욜
로 본능의 충족보다 훨씬 어렵다. 어떤 사람이든 전적으로 욜로 본능
충족에만 몰입하면 원형 가치의 추구가 훼손된다. 예를 들어 폭식폭
음을 하면 장수와 건강 유지의 원형 가치가 훼손되고, 배우자를 두고
바람을 피우면 가족 형성과 연대감 유지의 원형 가치가 망가진다. 가
진 돈을 불필요하게 탕진하고 일이 재미없고 힘들다고 멋대로 그만
두면 유능하고 독립된 존재가 되고자 하는 원형 가치에 애로사항이
생긴다. 내 기분을 상하게 한 사람과는 바로 연을 끊고, 배우자가 마
음에 안 들면 제대로 노력도 안 해보고 이혼하고, 상관이 불쾌한 인간
이면 즉시 직장을 그만둬버리면 가족의 형성과 유지 및 공동체에의
소속감과 연대감을 추구하고자 하는 원형 가치에 지장이 생긴다.

신화, 설화 속에 등장하는 인물들의 삶은 대부분 위에 나열한 원형
가치들을 '고난'을 극복해가며 이루는 구조로 묘사된다. 왜 고난이 등

장하는가? 원형 가치의 추구를 위해서는 달콤한 욜로 본능을 끊임없이 억제해야 하며 이는 강한 인내심이 필요한 고난의 길임을 동서고금 인류는 알고 있었기 때문이다. 영화, 애니메이션, TV 드라마 등의 현대 대중문화 서사구조 또한 신화와 동일하게 주인공이 험난한 난관에 맞서 고통을 견디고 극복하며 다양한 원형 가치를 이뤄내는 내용이 대부분이다. 대중문화 소비자들은 주인공이 갖은 고난을 극복하며 끝내 강해지고 성숙해져 다양한 원형 가치를 이뤄내는 것에 감정이입과 대리만족을 하는 것이다.

'아무개 왕자는 재수가 좋아 왕자로 태어나서 배 터지게 맛난 음식만 먹고, 멋진 궁전에서 호화로운 옷 입고, 경치 좋은 곳 유람하며, 예쁜 여자들과 마음껏 성관계하며 살았습니다. 태평성대라 아무 일도 없었습니다. 끝.'

이런 이야기는 애초에 신화나 설화가 될 수 없다. 대중문화의 시나리오로도 쓰일 수 없다. 오로지 욜로 본능만 충족하는 삶에는 어떤 원형 가치도, 그 어떤 인간적 감동도 존재하지 않기 때문이다. 다시 말해, 하고 싶은 대로만 하고 사는 욜로의 삶은 원형 가치를 추구하는 것과 정반대의 삶이다.

원형 가치를 추구하는 삶

화가 속에 쌓이면 안 되니까 짜증나면 참지 않는다. 억울한 일도 절대 참지 않는다. 불공평하다 억울하다 툭하면 불평을 늘어놓는다. 공감, 공감, 공감이 부족하다 울부짖으며 주위 사람을 비난한다. 그러다가 조금만 자랑거리가 생기면 남에게 으스대고 과시한다. 이러한 동물적 본능에 사로잡힌 행동들을 '자신의 감정에 충실한 삶'이라 착각하는 사람들이 있다.

"저는 그냥 기분대로 다 해요. 기분 나쁘면 절대 안 참아요. 그렇지만 뒤끝은 없어요. 워낙 정의감이 강해서 불의를 못 참아서 그런가 봐요."

"화가 나면 억지로 안 참아요. 그때그때 속시원하게 풀어요. 그게 정신건강에 좋아요."

이런 식으로 자기감정에 충실하면 행복해질 수 있을까? 이렇게 아무렇게나 마구 성질을 부리는 삶에 그 어떤 원형 가치가 존재할까?

화가 나도 감정을 절제하며 슬기롭게 해결하고, 억울하고 당황스러워도 남 탓 하지 않고 의연히 상황을 감당하고, 남이 나를 이해해주지 않아도 서운하다 내색하지 않고, 남의 짐을 대가 없이 떠맡아 도움을 주고도 생색내지 않고, 상대가 본의 아니게 실수했다면 너그럽게 용서하고, 친구의 고통을 보듬어 안고 친구의 성공을 질투하지 않고……. 이러한 것들이 바로 신화의 주인공들이 삶에서 보여주는 원형 가치이며, 동물적 본능을 이겨낼 때만 성취할 수 있는 자기극복의 인간적 가치인 것이다.

행복이란 개념은 인간만이 지니고 있다. 그래서 동물적 욜로 본능의 충족보다는 인간적 원형 가치의 추구와 훨씬 깊은 관련이 있다. 즉 각적인 욜로 본능이 아니라, 비록 힘들고 어렵더라도 원형 가치를 추구하는 길을 걸어야 우리는 궁극적으로 행복해질 수 있다.

"나는 지금처럼 욜로 욜로 재미나게 즐기면서 사는 게 최고로 행복한데 그 무슨 헛소리인가요? 재미도 없는 원형 가치를 찾아가야 행복해진다고요? 나 참, 도무지 이해가 안 가는데요?"

물론 이런 반론이 돌아올 수도 있다.

그야 돈과 시간이 충분하고 젊고 건강하다면 꽤 오랫동안 욜로 본능 충족 위주의 삶을 살면서 감각적 만족을 충분히 느낄 수 있다. 그러나 그러한 삶에는 동물적 욕구의 충족만이 존재할 뿐 모든 인간의 근원적 소망인 원형 가치가 존재하지 않기 때문에 어느 시점에서는 분명히 이런 생각이 떠오른다.

"왜 자꾸 우울하지? 하고 싶은 것 다 하고 사는데 왜 자꾸 인생이 의미가 없고 더 이상 뭘 해도 재미가 없다는 생각이 들지?"

바로 그쯤에서 깨닫고 삶의 방향을 바꾸면 좋겠지만 이미 욜로 본능에만 강력히 중독되어 살고 있기에 과소비, 폭음, 마약, 변태적 성

행위 등 오히려 더욱 자기 파괴적인 자극만을 찾아 헤매게 된다.

많은 독재자와 폭군의 삶이 바로 이처럼 욜로 본능에 사로잡힌 악마 같은 삶이 되고 말았다. 배가 터지도록 고급스러운 술과 음식을 먹고, 매력적인 이성이 있으면 모두 불러다 강제로 성관계하고, 조금이라도 마음에 안 드는 사람은 잔인하게 고문하고 죽이고, 사람들이 자신을 강제로 칭송하도록 동상을 세워 우상화 교육을 하고……. 이런 잔학하고 추한 동물적 욕구에 지배되는 삶이 인간만의 원형 가치와 직결된 진정한 행복으로 이어질 리 있겠는가? 자기혐오와 파멸의 낭떠러지가 기다리고 있을 뿐이다.

원형 가치를 추구하는 삶은 욜로 본능을 따르는 삶에 비해 정신을 단련하기 위해 항상 노력하며 절제하는 삶이기에 쉽지 않다. 때로는 나 홀로 세상과 동떨어진 길을 걷는 것 같은 외로움도 느낀다. 신화의 주인공들 인생을 보라! 안락함이 아닌 고난으로 가득 차 있지 않은가? 원형 가치를 추구하는 삶은 더 힘든 길, 고통스럽지만 의미 있는 길을 선택하는 삶이다. 하고 싶은 일이 아닌 해야 할 일을 하는 삶이다. 자신보다 못난 에우리스테우스 왕이 명령한 12가지 과업을 속죄를 위해 묵묵히 수행하는 영웅 헤라클레스처럼, 내게만 무겁게 주어진 것 같은 짐을 불평 없이 짊어지고 나아가는 삶이다.

원형 가치를 추구하는 삶은 끝나지 않는 마라톤을 달리는 것과 같다. 완전히 득도한 성인이 아닌 이상 지칠 때는 잠시 욜로 본능을 충족하며 쉬어가는 타협도 부득이하다. 하지만 인간 고유의 개념인 행복은 동물적 욜로 본능이 아니라 인간만의 원형 가치와 직결되어 있음을 명심해야 한다.

원형 가치 또한 인간적 한계 안에서 존재한다. 태어나고 늙고 병들고 죽는 인간의 굴레에서 벗어날 수 있는 사람은 어디에도 없다. 메멘토 모리! 모든 인간은 만성질환으로 천천히 고통스럽게 죽거나 급성질환이나 사고로 불시에 죽고, 건강한 장수를 누리더라도 죽기 전에 소중한 사람들을 하나하나 잃게 된다. 그러므로 원형 가치는 내 안에 소유할 수 있는 것이 아니며, 힘든 인생길을 원형 가치를 추구하며 묵묵히 걸어나가는 여정 그 자체에 있는 것이다.

감정을 억제하고 살면 해로울까?

욜로 본능만 추구하다 보면 어느새 마음이 지옥에 빠져 있는 것을 발견한다. 욜로 본능 추구의 삶은 행복과 직결된 원형 가치의 추구와 정반대 방향이기 때문이다. 하고 싶은 대로 다 하고 모든 본능을 다 충족시키며 사는데도 삶이 의미가 없고 불행하다는 생각이 든다면, 그것은 이제 동물적 욜로 본능 추구에서 삶의 방향을 전환하여 인간만의 원형 가치를 찾아 나설 때가 되었다는 내 마음의 속삭임이라는 것을 깨달아야 한다.

욜로! 욜로! 힘차게 부르짖는 부류 외에도 하고 싶은 대로 하고 살아야 행복해진다는 주장은 많다. 그중 하나로, 너무 감정을 억제하고 살면 해롭다는 주장이 있다.

다음은 방송, 동영상, 책 등을 통해 자주 접하는, '억지로 화를 참지 말라'는 심리 조언이다.

> "억지로 화를 참고 살지 마세요. 화가 나고 억울하면 그때그때 털어놓고 밖으로 감정을 꺼내어 표현해야 합니다. 부정적인 감정을 자꾸 속에만 쌓아두면 점점 더 우울해져요. 그런 것을 화병이라고 합니다."
>
> "화를 억지로 참고 살면 가슴에 열이 치밀어 오르고 숨이 답답하고 몸 여기저기가 만성적으로 아파집니다. 막상 병원에 가서 이런저런 검사를 해보면 아무 이상도 없어요. 그런 현상을 신체화장애라고 합니다. 화를 억지로 참고 감정을 부정해서 생기는 병이에요. 화병이라고도 하지요. 화가 나면 억지로 참지 마세요. 화난 부분에 대해 털어놓고 이야기를 해서 화가 마음속에 쌓이기 전에 그때그때 감정을 풀어버리는 것이 좋습니다."

나와 상담하는 많은 환자가 이런 이야기를 당연한 상식처럼 받아들이고 있다.

"억지로 참고 살아서 병이 났어요."

내가 정신과 의사다 보니 정말 많이 듣는 이야기다.

이런 이야기들은 힘든 인생을 오랫동안 열심히 참고 견디며 살아온 대다수의 성실한 사람들에게는 일종의 자기위안적인 해방감을 줄 수 있다. 그렇게 참고 견디는 삶이 당연한 일상이 되어버린 사람들은 이제 더 이상은 참지 않고 살아도 된다는 이야기를 들어도 잠깐 속이 후련해할 뿐, 정말로 무책임하고 퇴행적인 행동으로 빠져들지는 않는다. 이런 이야기들의 효용가치는 딱 그 정도다.

문제는 삶의 무거움을 오랜 세월 묵묵히 견뎌낸 경험도 없는 미성숙한 사람들이 이런 이야기를 듣고, 부정적인 감정을 내면에서 조용히 삭여내는 강인하고 성숙한 정신력의 가치를 함부로 폄하하게 되는 것이다. 이런 미성숙한 사람들은 억지로 참고 살지 말라는 이야기를 들으면 정신적으로 쉽게 퇴행해버린다.

'억지로 참고 살지 말라.' 한번 진지하게 이 조언에 대해 검토해보자. 그렇다면 일단 화가 치밀어 오르면 억지로 참지 말고 밖으로 표출부터 하는 것이 좋다는 말인가? 그런데 가만있자, 사소한 일에 욱하고 분노 발작하여 온갖 사고를 치는 사람들이 요즘 하도 많아서 그런 사람들을 이른바 '분노조절장애'라고 부르지 않나? 그런 사람들이 층간소음으로 이웃 간에 살인도 하고 부부 싸움 끝에 배우자를 살해하기도 하지 않는가?

　아무리 그래도 분노조절장애가 유익하다는 주장은 아닐 테고, 그럼 적당한 선까지는 화를 참는 것이 좋지만 너무 억지로 참지는 말라는 뜻인가? 일정 선을 넘을 때까지는 참고 그 이상 선을 넘으면 그때부터는 마음속에 화가 너무 많이 쌓이지 않도록 상대방에게 따끔하게 화를 쏟아내야 화병, 신체화장애가 안 생긴다는 것인가? 동의하기 어렵지만 일단 그게 사실이라 쳐보자. 그렇다면 상대편은 내가 쏟아내는 화 앞에서 가만히 당하고만 있을까? 나한테 가만히 당하고만 있으면 당하는 그 사람에게도 화병이 생길 테니 본인에게 생길 화병을 막기 위해 내가 쏟아내는 감정의 두 배를 쏟아내며 나한테 반격하면? 그럼 나는 네 배로 반격하면, 아니 상대가 감히 반격할 엄두도 못 낼 정도로 미친 사람처럼 다 때려 부수며 죽기 살기로 혼신의 힘을 다해서 반격하면, 그러면 되나? 아무튼 상대에게 무슨 수를 써서라도 어떻게든 이겨먹으면 화가 내 속에 쌓이지 않고 화병도 안 생길 테니 결국 나한테 좋은 일 아닌가? 그런데 가만있자, 그게 바로 세상 사람들이 말하는 분노조절장애 아닌가? 그렇다. 우리는 이런 상태를 흔히 분노조절장애라고 부른다.

　다른 부정적인 감정은? 눈물은? 슬픔은? 눈물이 날 것 같으면 억지로 안 참고 남들이야 보든 말든 엉엉 소리 내어 울고, 누군가에게 삐져서 슬픈 기분일 때는 남의 눈치 안 보고 세상 끝난 것 같은 표정을 지으며 내 속상함을 모두에게 알리는 것이 좋다는 이야기인가? 그런데 이건 또 뭘까? '유리멘탈'이란 말이 있지 않나? 툭하면 울고, 삐지고, 쉽게 서운해져서 얼굴에 부정적인 감정이 다 드러나는 그런 사람들을 우리는 '유리멘탈'이라 하지 않는가? 부정적인 감정을 억지로 참지 않고 밖으로 표현하는 것이 좋다면, 툭하면 삐지고 서운해 하고 쉽게 눈물을 터트리는 유리멘탈은 속에 부정적인 감정이 안 쌓이니 화병도 안 생기고 우울증이나 신체화장애도 절대 안 생길 세상에서 가장 건전하고 튼튼한 정신의 소유자가 아닌가?

화를 참아서 병이 생기는 경우는 거의 없다

어지간한 사람은 크나큰 충격과 배신감을 느끼며 분노에 휩싸여 울부짖을 상황에서 아무 내색 없이 의연하고 침착한 모습을 보이는 사람에 대해 우리는 "저 사람은 멘탈이 정말 강하다. 존경스럽다"라고 말한다. 그렇다면 이렇게 멘탈이 강한 사람들은 화가 속에 쌓이지 않도록 크게 울부짖으며 폭발시켜야 했을 상황에서도 부정적 감정을 억지로 참고 억누른 대가로 화병과 우울증, 신체화장애에 필연적으로 시달릴 운명일까?

"너무 억지로 참고 살지 말라"는 조언을 이렇게 분석해보면, 분노조절장애나 유리멘탈을 가진 사람들은 부정적인 감정을 억지로 참지 않고 올라오는 족족 분출하며 살기 때문에 가장 건강하고 탄탄한 내면세계의 소유자임이 분명하다는, 이 사람들의 정신세계야말로 우리가 지향해야 할 이상적 모습이라는 매우 놀라운 결론에 도달한다. 화나 슬픔이 올라오는 대로 '자연스레' 표출하라는 조언은 결국 그럴듯한 엉터리에 불과한 것이다. 화나 슬픔을 '너무 억지로' 참지 말라는 말도 '자연스레' 표출하라는 말과 거기서 거기다. '너무 억지로 참는다'라는 말의 정의가 애초에 불분명하여 현실에 제대로 적용할 수가 없는 것이다.

"너무 억지로 무리하게 운동하지 마세요. 몸에 탈이 납니다."

"너무 억지로 무리하게 음식의 칼로리, 영양소 조절을 하지 마세요. 음식 조절 너무 과도하게 하면 스트레스 받아 도리어 안 좋습니다."

"너무 억지로 무리하게 공부하지 마라. 그러다 건강이라도 해칠라."

완전히 틀린 말은 아니다. 운동을 너무 과도하게 하면 오히려 몸에 해로울 수 있고, 음식 조절을 너무 열심히 하면 스트레스 받을 수 있고, 공부를 너무 열심히 하면 건강을 해칠 수 있다. 그러나 문제는, 대부분의 사람들은 운동, 음식 조절, 공부 등을 너무 안 해서 탈이지, 억지로 무리하게 해서 탈이 나는 경우는 극히 드물다는 점이다.

사람은 본능적으로 신체 단련보다는 편히 쉬는 것을 좋아하며, 건강한 음식을 적정량 먹는 음식 조절보다는 달고 짜고 기름진, 몸에는 해롭지만 자극적이고 맛난 음식을 마음껏 먹는 것을 좋아한다. 정신을 바짝 차리고 오랜 시간 집중해야 하는 지겨운 공부보다 오만가지 재미난 오락이나 편안한 휴식을 좋아한다.

그러므로 억지로 무리하게 운동, 음식 조절, 공부하지 말라는 조언은 그렇게까지 무리를 하는 사람이 애초부터 거의 없기에 현실적으로 불필요한 것이다. 신체 단련이든, 음식 조절이든, 공부든, 안락과 재미를 추구하는 본능과 반하는 힘든 노력과 집중력이 필요한 행위는 마음이 해이해져서 중도에 포기하는 것이 문제일 뿐, 너무 과도하게 해서 문제가 되는 경우는 사실상 무시해도 좋을 정도이기 때문이다.

화와 슬픔 등의 특성을 보자. 화, 슬픔, 시기, 질투 등의 부정적 감정은 고통스러운 것이기에 스스로 원해서 그런 감정 속으로 빠져드는 사람은 없다. 그런 감정들은 내 의도와 무관히 내 컨디션이나 주위 상황에 따라 마음속에서 자동으로 솟아오르는 것이다. 정상적인 사람이라면 세상의 어느 누가 편안하고 기분 좋은 상태에서 뜬금없이 다음과 같은 해괴망측한 짓을 하겠는가?

"자, 아침에 기분 좋게 푹 쉬었으니 지금부터는 만만한 화풀이 감을 찾아 마음껏 성질부리며 속시원하게 화 좀 내보자! 그동안 속에 쌓였던 화를 오늘 제대로 날 잡고 화끈하게 풀어야지. 화가 속에 쌓이면 우울증이 유발되고 신체화장애까지 생긴다잖아."

"오늘은 아직까지 기분 좋았는데, 이제부터는 예전 억울하고 속상했던 기억에 푹 잠겨 속이 후련하게 펑펑 울고 커터칼로 손목에다 자해도 마음껏 해보자! 안 좋은 기억을 속에 쌓아두면 마음의 병이 생긴다잖아. 마음껏 울고 자해하면서 스트레스를 풀어야지."

아무리 정신세계가 삐딱한 사람도 이런 짓을 일부러 하지는 않는다. 편안하던 마음이 부정적 감정에 점령되어 괴로워지는 것을 스스로 원하는 사람은 없다. 부정적 감정은 정신적, 신체적 컨디션의 악화, 좋지 못한 방향으로 흘러가는 주변 상황, 열심히 세웠던 계획의 실패, 타인의 거슬리는 언행 등에 의해 내 의도와 상관없이 마음속에서 자연적으로 발생하여 부글부글 솟아오르는 것이다.

이런 부정적 감정이 마음에 솟구쳐 오르는 즉시 밖으로 표출된다면 인간은 가정생활, 직업 활동, 공부, 대인관계 그 어느 것도 제대로 유지할 수 없다. 감정 통제가 불가능해지면 모든 의미 있는 대인관계에 파탄이 생기고 그동안 애써 쌓아온 사회적 평판이 송두리째 무너진다. 그러므로 솟구쳐 오른 부정적 감정들은 밖으로 표출되기 전에 우리의 생존을 위해 대부분 자동으로 사그라진다. 화, 억울함, 슬픔 등의 부정적 감정을 삭여 겉으로 드러나지 않도록 하는 것이 나에게 유리하기 때문에, 심리적 컨디션이 정상일 때는 마치 솟아오른 맥주 거품이 꺼지듯 자동으로 부정적 감정이 사그라지는 정신의 시스템이 가동하는 것이다. 부정적 감정이 밖으로 넘쳐흘러 내게 피해가 발생하기 전에 자동으로 가라앉거나, 최소한 남이 알아차리지는 못하는 수준으로 순화되는 것이다.

누구나 순간적으로 자제력이 무너져 폭발적으로 화를 내거나, 슬픔을 못 견디고 펑펑 울거나, 시기질투 같은 볼썽사나운 감정을 무심코 밖으로 드러내고서 아차, 내가 왜 이러지, 하며 깜짝 놀란 적이 있을 것이다. 그것은 솟아오른 맥주 거품의 기세가 너무 강해 맥주잔을 미처 입에 가져가기도 전에 밖으로 넘쳐버린 것과 같다. 이는 불가항력이며 대개 의도한 바는 아니다.

너무 열심히 해서 탈이 날 정도로 과도하고 지속적으로 신체 단련을 하고, 공부하고, 음식 조절을 할 수 있는 사람이 드물듯이, 무리해서 병이 날 정도로 화와 슬픔, 기타 부정적인 감정을 참을 수 있는 사람도 거의 없다. 현재의 인격이나 정신력으로 감당할 수 없는 부정적 감정은 그릇의 용량을 초과한 물이 넘치듯 우리의 의지와 무관히 밖으로 쏟아지고 마는 것이다.

그러므로 억지로 화를 억누르지 말라, 억지로 슬픔과 눈물을 참지 말라, 억지로 감정 통제를 하지 말라, 부정적인 감정이 속에 쌓이지 않도록 그때마다 밖으로 표현해서 풀어라, 이런 식의 달콤한 꼬드김은 얼핏 듣기에 솔깃할 뿐 결국 헛소리에 불과하다. 사람은 누구나 본인의 정신적 그릇에 넘치는 자극이 밀려오면 참다 참다 결국 화를 내거나 펑펑 눈물을 흘릴 수밖에 없으므로, 억지로 감정 통제를 한다는 것은 원래 불가능하다.

특히 자제력이 원래부터 약한 사람일수록, 화를 억지로 참지 말라는 식의 꼬드김에 넘어가면 인간에게 꼭 필요한 건전한 감정통제력이 쉽게 약화된다. 부정적 감정을 자제하는 것이 바람직한 대부분의 상황에서 화나 눈물이 밖으로 쉽게 쏟아지게 만들어, 힘들게 쌓아온 자부심을 해치고 사람들의 신뢰를 잃게 만든다.

방구석 폭군이 되지 않으려면

그럼 '화병'이란 도대체 무엇인가? 화병은 한국의 고유 질병이라던데, 억지로 부정적인 감정을 억누르고 살아서 화병이 생기는 게 아니란 말인가? 부정적 감정이 저절로 사그라지도록 견디는 게 정신적으로 유익하다면 어찌하여 화병이란 말이 있는가?

화병에 대해 이해하려면 먼저 '화를 참는다'는 표현에 혼재하는 두 가지 심리적 상황을 구분해야 한다. 아래에서 설명할 이 두 상황에 대해 우리는 똑같이 '화를 참는다'라고 표현하지만, 두 상황은 전혀 다른 심리적 영향을 낳는다.

하나는 나와 타인이 대등하거나 오히려 내가 우위인 처지여서, 화를 안 참아도 내게 별 손해가 없으나 상대의 실수나 잘못을 너그러이 이해하는 마음으로 화를 참는 것이다. 내가 강자인, 적어도 약자는 아닌 이런 상황, 화를 참는 것이 용서가 되고 너그러움이 되는 이러한 상황은 화병과 전혀 무관하다. 부하직원이 일을 하다 의도치 않게 실수했을 때, 어리고 저항능력이 없는 자녀가 나를 귀찮고 짜증나게 했을 때, 식당과 같은 서비스 업종을 이용하는데 종사자의 본의 아닌 실수나 서비스 지연 등으로 짜증이 치밀어 오를 때, 나에게 을 관계에 있는 거래처에서 내게 본의 아니게 무슨 실수를 했을 때 등의 상황이 여기 해당할 것이다. 이런 상황에서 올라오는 화와 짜증은 참고 견뎌낼수록 스스로에 대한 자부심이 차오른다. 이런 화는 참아서 화병이 나기는커녕 '용서'와 '너그러움'을 실천했다는 자부심이 내면에 차곡차곡 쌓이므로 정신을 강하게 단련하는 데 매우 유익하다. 이런 상황에서는 오히려 참지 못하고 그만 화를 내버릴 때 "그때 그렇게 화를 내지 말 것을, 내가 과했구나!" 하는 후회가 생기고 자부심이 손상된다.

마하트마 간디는 이런 말을 남겼다.

"약자는 결코 상대방을 용서할 수 없다. 용서란 강자의 속성이다."

간디가 말한 것처럼, 내가 상대보다 우위인 입장에서 혹은 대등한 입장에서 화를 참고 용서하며 너그러움을 발휘하는 것은 결코 화병의 원인이 될 수 없다.

다른 하나는 내가 타인보다 권력 서열에서 아래거나 경제적으로 종속되어 있고, 내 미약한 능력만 바라보는 가족을 보살펴야 하는 등의 이유로 그러한 종속에서 쉽게 탈출할 수 없는 상황에서 화를 참는 것이다. 이 상황에서는 힘을 가진 상대방에게 조금이라도 기분 나쁜 내색을 하면 내게 큰 피해가 생기므로, 억울하고 울분이 치밀어도 나와 가족의 생존을 위해 아무렇지도 않은 척 굴복해야 한다.

이런 굴복은 마음속에 억울함을 쌓이게 하므로 자연히 자괴감이 생기고 신경이 예민해져 화병이 나게 된다. 내 힘이 약하고 도와주는 세력도 없어 학교나 직장에서 지속적인 폭력이나 왕따를 당하고 있을 때, 경제적으로 무능하여 돈 많은 부모에게 의존하며 살아 사사건건 무시당할 때, 회사 자체는 근무여건이 괜찮아 계속 다니고 싶은데 상관이 인격이 저열하여 나를 사사건건 괴롭히고 함부로 인격모독을 할 때, 나에게 갑 관계에 있는 귀중한 거래처 오너가 내가 자신에게 저항하지 못할 것을 알고 내게 함부로 막돼먹고 무례한 행동을 할 때 등의 무수히 많은 상황이 있을 것이다.

이 두 상황은 '화를 참는다'라고 동일한 언어로 표현되어도 심리적으로는 전혀 다르게 작동하며, 감정을 억제한 사후결과도 정반대다. 너무 억울하지만 내가 약자라 어쩔 수 없이 참고 당하면서 살아야 되는 두 번째 상황만이 화병과 연관된다.

그럼 두 번째 상황에서 화를 참지 않는다면 화병이 생기지 않는다는 이야기일까? 설마하니 세상이 그렇게 호락호락할 리 있을까? 내가 명백한 약자인 상황에서, 화가 나고 억울하다고 강자에게 대책 없이 감정을 표출하게 되면 몇 배로 호된 응징을 당해 나와 가족에게 훨씬 큰 피해가 돌아올 뿐이다. 그렇게 되면 참고 삭였을 때보다 오히려 더 큰 화병이 생긴다.

　내 사회경제적 힘이 약해 화를 억지로 참고 굴복하는 상황을 정신적으로 어떻게 받아들여야 화병을 예방할 수 있을까? 그 억울함이 노예로서의 굴종이 아닌 자유인으로서의 내 '선택'에서 비롯된 것임을 명확히 인식해야 한다. 그래야 화병이 생기는 것을 조금이라도 막을 수 있다. 화를 참는 것이 종합적으로 나와 내 가족에게 훨씬 이득이기 때문에, 억울하지만 참고 견디는 선택을 스스로 했음을 분이 치밀어 오를 때마다 다시 한 번 떠올려야 한다. 무거운 물체를 반복하여 들어 올리는 똑같은 동작도 나 스스로 근력을 키우기 위해 선택한 행동이라면 상쾌한 운동이 되는 것이고, 남이 강요해서 억지로 하는 행동이라면 억울하고 화가 나는 노예노동이 된다. 고통을 감내하며 참고 견디는 것은 누군가의 강요가 아닌 어디까지나 내 자유의지에 의한 선택임을 항상 상기해야 하는 것은 그 때문이다.

　그리고 그러한 괴로운 선택에서 언젠가 벗어나기 위해서는, 장기적 안목을 가지고 지금보다 더한 고통을 감수하고 피와 땀을 흘려가며 차근차근 자신의 능력을 업그레이드해야 한다. 물론 생업에 부대끼며 지친 심신으로 또 다른 능력까지 키운다는 것이 현실적으로 대단히 어렵고 힘들다. 중도에 포기해 헛되이 에너지만 낭비할 가능성도 높다. 그래서 대부분의 사람들은 억울함이 마음에 계속 쌓여 화병이 생기는 상황을 쉽게 탈출하기가 어렵다.

　화병을 유발하는 이 두 번째 상황은 대부분 먹고사는 문제, 즉 생존과 결부되어 있다. 사실 화를 억지로 참는다기보다 애초에 감히 화를 낼 수조차 없는 상황이라고 해야 더 적절할 것이다. '먹고살아야 해서' 밖에서는 감히 기분이 나쁜 표시조차 못 내니 속에 자꾸만 화가 쌓이고, 가족과 같은 내가 먹여 살리는 만만한 사람들에게 그 화풀이를 몇 배로 하는 사례를 주위에서 흔히 볼 수 있다.

　"우리 아버지는 밖에서는 법 없이도 살 신사고 화 한 번 안 내는 호인이란 소리를 들었는데, 집에 오면 어머니하고 자식들에게는 폭군이고 악마였어요. 정말 심각한 이중인격자였어요."

　흔히 듣게 되는 바로 이런 상황이다. 밖에서는 화 한 번 안 내는 호인이었다는 그 아버지의 정체가 실은 악마고 이중인격자라서가 아니다. 사회경제적 입지가 좋지 않아 세상살이가 팍팍하고 밖에서 일하며 온갖 치욕을 당할수록 이렇게 식구들 앞에서는 전혀 다른 모습으로 변하기 쉽다. 속에 쌓인 화를 만만한 가족들에게 포악하게 성질을 부려서 풀게 되는 것이다. 그 억울함과 화가 실은 누군가의 강요가 아닌 본인의 자발적 '선택'에서 비롯되었음을 깨닫지 못하는, 정신적으로 성숙하지 못한 사람일수록 더욱 그러하다.

　화는 솟아올라 넘치기 전에 재빨리 사그라지는 것이 모든 면에서 내게 유익하다. 그래서 내 컨디션만 괜찮으면 자동으로 가라앉는 것이다. 그러나 아무리 평소에 조심하더라도, 내 정신적 그릇에 넘치는 부정적 감정이 순간적으로 밀어닥치면 밖으로 왈칵 쏟아질 수밖에 없다. 억지로 감정 통제를 하지 말라는 이야기는 그래서 불필요하고 오히려 유해하다. 그런 조언이 있든 없든 억지로 감정 통제를 한다는 것이 대부분의 사람들에게 원래 불가능하기 때문이다.

누구든 살아가면서 생기는 억울함을 다 풀고 살 수는 없다. 부정적인 감정을 겉으로 드러내면 생존에 큰 피해가 오는 상황에서 마음에 누적된 화와 억울함이 화병으로 이어진다. 그러한 억울함이 속에 조금이라도 덜 쌓이려면, 세상살이의 갖은 고통을 견디며 지금까지 참고 살아온 것은 애초에 누군가의 강요가 아닌 나와 내 가족의 생존을 위한 내 책임감 있는 선택이었음을 떠올려야 한다. 그리해야 마음에 쌓인 화를 만만한 가족들에게 푸는 방구석 폭군이 되지 않을 수 있다. 그것이 바로 인간으로서 강해지고 성숙해지는 길이다.

엉터리 조언을 믿지 말라

하고 싶은 것만 하고 사는 것이 바로 행복이라는 주장들 중에는, 평생 주위 사람들을 챙기며 근면성실하게 살아온 누군가의 인생을 자신의 소중한 감정을 우선적으로 돌보지 못한 불행한 삶이라고 매도

하는, 심지어 가짜 삶이라고까지 폄하하는 엉터리 조언도 있다. 어디서 그런 요사스러운 이야기를 듣고 온 환자들은 말한다.

"언제나 가족들을 챙기는 게 우선이었고 내 삶은 어디에도 없었어요. 애들이 커서 독립하고 나니까 이제 나한테 남은 거라곤 아무것도 없어요. 희생하며 살았던 게 잘못이라고, 나처럼 가족을 위해 살아온 인생은 잘못된 인생이라고, 가짜 인생이라고, 좀 더 자신을 생각하며 살았어야 했다고 어디서 그러더라고요. 이제 오롯이 나만을 위한 진짜 인생, 남을 위해 억지로 희생하는 내가 아닌 진짜 나를 찾아서 남은 인생을 살고 싶어요. 앞으로는 너무 참고 살지 않을래요. 감정이 올라오는 대로 밖으로 다 표현하면서, 그렇게 내 감정에 충실하며 살아볼래요."

"직장에서, 집에서 남의 눈치만 보면서 억지로 삭이고 참고 살다 보니 내가 내 감정을 존중하지 못했어요. 유튜브에서 심리 동영상을 봤더니 매일 감정일기를 쓰면서, 남의 눈치를 보는 가짜 감정이 아닌 내 속의 진짜 감정을 찾아서 그 감정을 자꾸 말로 표현하면서 소중히 보살펴주라고 하더라고요. 나에게 가장 소중한 것은 남의 감정이 아닌 내 감정이라고 하더라고요. 그러니까 앞으로는 내 감정을 소중히 지키고 돌보는 것에 인생의 목표를 두고 살아보려고요."

"가짜 감정이란 게 있대요. 남의 눈을 의식해서 감정을 드러내지 않고 억지로 참고 사는 게 가짜 감정이래요. 그렇게 자신의 진짜 감정을 무시하면서 살다 보면 점점 더 자존감이 떨어지고 우울해진대요. 인간은 남의 눈치를 보고 살면 안 된대요. 안 좋은 감정이 속에 쌓이기 전에 그때그때 밖으로 솔직하게 표출하고 살아야 진실한 나를 찾을 수 있대요."

어떤 마음인지는 충분히 이해가 간다. 하지만 인간이 걸어가야 할 진정한 삶의 방향과는 정반대의 조언을 들은 것이다.

가짜 삶? 가짜 감정? 그런 터무니없는 표현이 어디 있나? 애초에 '가짜'라는 단어 자체가 잘못되었다. 부정적인 감정을 절제하고 삭여 내는 것이 가짜 감정이고 솟아오르는 감정을 무책임하게 표출하면 그것이 진짜 감정이라니! 쉴 새 없이 밀려오는 삶의 갖은 고통을 견뎌내며 가족을 헌신적으로 돌보고 살아온 삶은 가짜고, 내 한 몸의 이기적 안락과 쾌락만을 목표로 퇴행해서 자기중심적으로 살아야 진짜 삶이라니?

올라오는 감정을 억지로 참지 말고 그때마다 상대방에게 표출하라고? 상대방이 그런 막돼먹은 감정을 다 받아줄 리가 있겠는가? 아래와 같은 감정의 표출이 어떻게 느껴지는가?

"몰라. 나 망했다고! 엄마 때문에 이거 다 망쳤다고! 어떡할 거야, 엄마가 다 책임져! 나는 어릴 때부터 엄마 때문에 되는 일이 단 하나도 없어! 제발 좀 내 앞에서 꺼져 줘. 내 일에 간섭 좀 하지 마. 내가 먼저 요구하는 것 아니면 앞으로 나한테 입도 뻥끗하지 마!"

"엄마가 만날 나한테 잔소리하고 자존감을 파괴하니까 내가 이렇게 된 거라고! 내 인생 27년간의 불행은 전부 엄마 탓이라고! 모처럼 뭔가 의미 있는 걸 해보려고 해도 이렇게 엄마한테 잔소리를 들으면, 엄마가 나한테 상처 준 그 모든 장면들이 순간적으로 다 떠올라서 용기가 다 꺾여버린다고!"

"야! 나 오늘 아침부터 기분 정말 좋았는데, 너 때문에 기분 완전히 잡쳤어! 왜 난데없이 헛소리해서 내 좋던 기분을 망쳐! 어떡할 거야, 어? 내 기분 망친 거, 어? 책임져, 책임져, 책임지라고!"

　가족, 애인, 절친 등 가깝고 편한 사이에서 기분이 조금만 나빠지면 이처럼 솟아오르는 날 것 그대로 감정을 표출하는 사람들이 많다. 이 글을 읽는 독자들 중에서도 이런 식의 남 탓을 살면서 단 한 번도 안 해본 사람이 오히려 적을 것이다. 어떤가? 이게 그 좋다는 진짜 감정, 진실한 감정인가? 글로 써놓은 것을 보기만 해도, 꿀밤이라도 한 대 때리고 싶을 정도로 짜증이 확확 올라오는 미성숙함과 철없음의 총출동 파티 아닌가? TV드라마에서 저런 대사를 하는 인물이라면 영락없이 철딱서니를 상실한 짜증 유발용 캐릭터들인 것이다.

　본인 생각과 조금만 다른 상황이 생겨 기분이 나빠지면 저렇게 솟아오르는 감정을 마구 분출하는 사람을 친구로 삼고 싶은가? 이런 사람이 당신 자식이라면, 며느리라면, 사위라면, 형제자매라면, 거참 사람이 성격도 솔직하고 시원시원하고 감정 관리 아주 잘한다고 좋아하겠는가? 저런 말에 대해 상대방이 좋게 반응하겠는가? 십중팔구 상대방도 격분하며 맞받아쳐 비생산적인 다툼으로 이어진다. 그렇게 대판 싸우고 나면 속에 쌓인 화가 시원하게 풀릴까? 주위 사람들이 내 화를 풀어주기 위해 묵묵히 당하고만 있는 만만한 샌드백일 리가 있겠는가?

주위 사람 눈치 보지 말고 억지로 자제하지도 말고 자신의 '진짜 감정'에 충실하면서 살라는 엉터리 조언에 현혹되면, 미성숙한 사람일수록 심리적으로 쉽게 퇴행한다. 원래도 약했던 자제력마저 어디론가 날아가 부정적인 감정에 훨씬 쉽게 사로잡힌다. 기분이 상하고 서운할 때도 묵묵히 인내하는 자제력에 대해 응당 가져야 할 정당한 자부심을 느끼지 못하게 된다. '남을 의식해서 참는 것은 가짜 감정'이라고 외치는 요사스러운 노랫가락이 자꾸만 귓전에 맴돌기 때문이다.

세상에는 그럴듯한 헛소리가 너무 많다

화를 참고 감정을 절제하는 것은 거의 모든 경우에 나 자신에게 유익하다. 감정 표출을 통제할 수 있는 사람만이 품위와 자부심을 지키며 주어진 책임을 감당할 수 있다. 감정이 솟아오르는 대로 울고 고함치며 여과 없이 표출하는 것은 초등학교도 입학하지 않은 어린이에게나, 그것도 어쩌다 한 번쯤 허용될 일이다. 물론 화를 억지로 참아야 했던 그 상황이 억울하고 괴로울 수 있다. 하지만 그 괴로움은 타인의 강요에서가 아닌 책임을 감당하기 위한 내 주체적 선택에서 왔음을 되새겨야 한다. 나의 선택에서 온 고통임을 인정해야 속에 억울함이 덜 쌓인다. 그래야 만만한 가족에게 미친 듯이 화풀이하는 못난 인간으로 전락하지 않는다.

인간으로서 주어진 굴욕을 의연히 감수하는 데서 오는 괴로움은 명예로운 고통이다. 가족을 책임지고 사회에 기여하기 위해 스스로 고통스러운 길을 선택하여 걸어온 훌륭한 인생이 어째서 가짜 인생인가? 자부심을 가지기에 충분한 내 인생을 무의미하고 억울한 희생에 불과했다고 폄하하는 엉터리 요설에 속아서야 되겠는가?

삶의 진실은 이런 간특한 요설과는 정반대 방향에 있다. 평생 본인의 안락과 쾌락만을 추구하며, 주위 사람들이 나로 인해 얼마나 힘든지 신경 쓰지도 않고, 그저 제 감정이 가장 소중하다며 멋대로 살아온 인생이야말로 올바른 길에서 멀찌감치 벗어난 추악하게 썩어문드러진 삶인 것이다. 그런 무책임하고 이기적인 삶이야말로 '가짜 인생'이란 이름이 딱 어울린다.

평범하지만 성실히, 주어진 삶의 책임을 다하기 위해 평생 열심히 살아온 사람들이 왜 그런 무책임하고 추한 인생을 부러워해야 하는가? 오히려, 동물적 욕구의 노예가 되어 한평생을 허비한 가련한 자라고 동정해줘야 마땅할 것이다. 달콤한 쾌락과 안락을 제일의 목표로 추구하는 인생은 결코 바르고 진실할 수 없다. 얼마든지 더 즐겁고 편한 길로 갈 수 있음에도, 고통스럽지만 올바른 길을 선택하여 나아가는 것이야말로 자부심을 가진 인간에게 주어진 사명이요 특권이다.

세상에는 그럴듯한 헛소리가 너무 많다. 이 순간이 힘들고 괴로운 사람들에게, 감정을 억누르지 말고 싫은 일은 하지 말고 바람처럼 자유롭게 내키는 대로 살라는 이야기는 달콤하게 들린다. 분명 마음에 일시적 위안은 준다. 하지만 정말로 그렇게 기분 내키는 대로 살다 보면 그동안 고된 인생을 책임감 있게 감당하며 쌓아올린 소중한 인간적 자부심이 하나둘씩 무너져 내린다.

마음이 괴로울 때 독한 술 한 병을 벌컥벌컥 들이켜보라. 기분이 알딸딸해지면서 세상 모든 근심걱정이 사라질 것이다. 다리뼈에 금이 갔을 때도 위스키 한 병을 쭉 들이켜면 골절의 통증을 금세 잊을 수 있다. 분명 술에 만취하면 일시적 위안은 얻는다. 그렇다고 마음이 괴로울 때는 독주를 나발 부는 것이 올바른 답인가? 뼈가 부러지면 통증을 잊기 위해 위스키를 폭음하는 것이 정답인가? 술이 깨고 나면 마음이 더 괴로워지고 골절 부위가 덧날 뿐이다.

들어서 당장 달콤한 해방감이 느껴지고 뭔가 위안이 되는 말은 대체로 타인을 신경 쓰지 말고 본인 기분을 가장 소중히 여기라는 무책임한 이야기가 많다. 주어진 책임을 끝까지 감당하며 고통스럽더라도 동물적 충동을 극복하고 하루 또 하루 정신을 단련하라는 이야기는 위안이 되기는커녕 떫기만 하다.

어떤 이야기를 들을 때 당장 기분이 좋아지는지 나빠지는지에 사로잡혀서는 결코 강해질 수 없다. 듣기에 껄끄러워도 당신을 보다 성숙한 사람으로 이끌 충성된 조언인지, 부정적인 기분에 툭하면 휘둘리는 나약한 못난이로 만드는 요망한 감언이설인지 판단할 수 있는 능력이 필요하다. 그런 능력이 없다면 노력하여 길러야 한다. 그 판단능력을 가진 자만이 에픽테토스가 말한 '자기 자신의 주인'이 될 자격이 있는 인간인 것이다.

5장

무엇이 정신을 강하게 하는가

대원칙은 자기 극복

인간으로서 강해지는 데 있어 근본 원칙은 다름 아닌 '자기 자신에 대한 극복'이다. '극복'이란 용어의 유래를 살펴보자.

'극복克復'은 공자가 수제자 안연의 "인仁이 무엇입니까?"라는 질문에 "극기복례위인克己復禮爲仁(자신을 극복하고 예로 돌아가는 것이 인이다)"이라고 대답한 『논어』의 구절에서 나왔다. '극기복례'의 줄임말이 '극복'이다.

자신을 극복하고 예禮로 돌아간다는 것이 무슨 소리인가? 여기서 '예'는 남의 눈을 의식하는 겉치레 예절을 말하는 것이 아니다. '예'라는 것이 단지 형식적 예절이라면 왜 자신을 극복해야 한다는 전제조건이 붙겠는가? 적당히 조심스럽게 분위기 파악하고 남들 하는 대로 모나지 않게만 행동하면 예의 바르다는 소리를 듣는데 말이다.

여기서 말하는 '예'는 동물적 본능과 충동에 이끌리는 쉬운 길이 아닌 그와 반대되는 길, 괴롭지만 인간이기에 가야 할 올바른 길을 말한다. 자극적인 음식 대신 맛은 없어도 몸에 유익한 음식을 적당량 먹고, 늘어지게 자도 되는 상황에서도 항상 새벽에 단잠을 끊고 일어나고, 게으르게 지내도 무방한 상황에서도 힘써 일하고 공부하며 심신을 단련하는 것, 공자가 말하는 '극기'는 이런 것이다. 안락과 쾌락을 추구하는 감각적인 본능을 거슬러 몸과 마음을 스스로 힘들게 단련하는 행위다.

힘도 없는 자가 짜증을 유발해서 내 힘으로 얼마든지 밟아버릴 수 있더라도 상대를 인격적으로 대하고, 내가 남보다 우월해도 과시욕을 누르며 겸손히 행동하고, 나를 믿는 누군가를 배신하면 큰 이득이 생기더라도 이익을 위해 상대의 신뢰를 저버리지 않고, 은혜를 입었으면 그 사람으로부터 더 이상 얻을 것이 없더라도 끝까지 보답하고, 내 노력을 다른 사람이 알아주지 않아 서운해도 그것이 올바른 길이라면 묵묵히 헌신하는 것, 충동적 감정과 눈앞의 이득을 향하지 않고 인간으로서 올바른 방향을 지향하는 이 길이 바로 공자가 말하는 '예'다. 자신을 극복하는 사람만이 이러한 올바른 삶을 살 수 있다. 자신의 동물적 본능, 충동적 감정, 눈앞의 이해관계를 하나하나 극복하여 '극기복례'하는 사람만이 삶의 궁극적 목표인 '인'을 이룰 수 있다고 공자는 말한 것이다.

스토아학파 철학자 에픽테토스도 공자의 '극기복례위인'과 일맥상통하는 가르침을 남겼다.

"자기 자신의 주인인 사람만이 자유인이다."

내 안의 동물적 본능과 충동, 눈앞의 이해득실에 대한 얽매임을 스스로 극복하지 못하는 사람은 에픽테토스가 볼 때 자기 자신의 주인이 아니며, 그러므로 진정한 자유인도 아니다.

자기 자신에 대한 극복, 인간으로서 강해지기 위한 이 유일무이한 근본 원칙은, 무한대의 감각적 쾌락과 복잡하고 얕은 이해관계에 사로잡혀 사는 현대인들에게는 수행 난이도가 훨씬 높아져버렸다. 삶이 더 단순했던 공자와 에픽테토스의 시대 사람들보다 몇 배로 절실하게 노력해야 현대인은 진정한 자유인이 될 수 있는 것이다.

자기 극복은 자유의지를 통해서만

자기 극복은 오직 자발적 실천으로만 가능하다. 인간적 강인함은 자유의지 없이는 단련이 불가능하기 때문이다. 동물적 본능, 충동적 감정, 눈앞의 이해득실에 사로잡히지 않는 자기 극복의 정신을 유지하려면 끊임없이 자신을 스스로 채찍질하며 나태함을 경계해야 한다. 본인은 전혀 원치 않는데 정신력을 기른다는 명목으로 부모를 통해 입소하는 단체 합숙훈련 같은 것은 정신을 손톱만큼도 강인하게 만들지 못한다. 노예를 부려먹기 위해 배에 묶어놓고 채찍으로 때려가며 강제로 노를 젓도록 하면 체력이야 억지로라도 좋아지겠지만,

노예의 정신은 날이 갈수록 피폐해질 뿐이다.

　노예의 강인함은 선택의 자유가 무한대로 주어지는 순간 와르르 무너진다. 강제 단련된 가짜 강인함은 자유의지에서 온 것이 아니므로, 풍요로운 선택의 자유 앞에서 순식간에 흐물흐물 녹아 송두리째 사라진다.

　과거 냉전이 막 해빙되던 시기에 공산권 국가들에 여행을 다녀온 사람들이 이구동성으로 감탄하는 말이 공산권 사람들은 참 순수하고 욕심이 없고 세상의 때가 묻지 않았다는 것이었다. 그러나 그것은 선택의 자유가 박탈된 상태에서 빚어진 가짜 순수함이었음을 이후의 역사가 증명한다. 자유인이 아니었던 그들은 에픽테토스가 말한 '자기 자신의 주인' 또한 아니었던 것이다.

　시장경제의 도입으로 무한대의 선택의 자유가 주어지자 대부분의 구舊 공산권 국가들은 경악할 만한 범죄율 상승에 시달리게 되었으며 기존 시장경제 자유국가들보다 더 심각하게 물질만능주의에 점령되어 돈이면 뭐든 못할 것이 없는 사회로 금세 변모하였다. 강제 배양된 정신은 이처럼 풍요로운 선택의 자유 앞에서 대번에 망가지는 값싼 모조품에 불과하다. 공자가 말한 '극기'의 마음은, 앞에 시련만이 기다린다는 것을 알면서도 스스로 올바른 길을 선택하여 걸어갈 때 자라나기 때문이다.

　자신을 극복하는 것, 그리하여 자기 자신의 진정한 주인이 되는 것,

이것은 인간으로서 강해지기 위해 가장 기본이 되는 대원칙이다. 이제부터 소개할 여러 지침들은 모두 자기극복이라는 아름드리나무의 본체에서 갈라져 나온 가지들이다.

스스로를 동정하지 않는다

이제 인간으로서 강해지기 위한 구체적인 지침들에 대해 이야기해보자. 가장 먼저 '어떤 경우에도 자기 자신을 동정하지 않는 것'을 말하고 싶다.

자신을 동정하는 마음은 툭하면 신세한탄하거나 쉽게 우는 식으로 드러난다. 이는 정신을 강하게 단련하는 것과 정반대 행동이다. 신화의 주인공은 남을 위한 눈물이나 감동의 눈물은 흘릴지언정 어떤 역경에 처해도 자신을 동정하는 신세한탄의 눈물을 흘리지는 않는다. 그리스 신화의 영웅 헤라클레스는 최고신 제우스의 부인 헤라의 질투 때문에 겪어야 했던 그 모든 고난 앞에서 한 번도 억울하다 울부짖지 않았다. 신화 속에서는 무기력한 희생자나 주인공에게 도움을 받는 약자들만이 신세한탄을 하고 자신을 동정하며 눈물 흘린다.

현대의 영화, 드라마에서도 신화의 서사는 그대로 반복된다. 영웅적 주인공이 활약하는 히어로 무비나 주인공이 난관을 극복하며 차츰

성숙한 모습으로 변화해가는 TV 드라마에서 주인공이 역경에 처했다고 스스로를 동정하며 흐느껴 우는 것을 보았는가? 대중문화의 주인공들은 우리 또한 그 모습이 되기를 소망하는 인물상, 신화 속 이야기에 등장했던 그런 영웅의 인물상을 반영한다. 내 신세가 불쌍하고 억울하다며 울고 소란 피우는 주인공에게는 도무지 감정이입이 되지 않기에 그런 영화나 TV 드라마는 찾아보기도 힘들다. 스스로를 동정하는 주인공에게 감정이입이 되지 않는 이유는 나약한 인간이 되기를 거부하는 우리의 근원적 소망이 살아있기 때문이다.

  나는 집에서 방에 틀어박혀 자꾸 운다는 환자들에게 자기 신세를 동정하며 우는 것도 심리적으로 자해와 같다고 조언한다. 무기력하고 한심한 내 모습이 불쌍하고 처한 상황이 억울해서 걸핏하면 우는 습관이 들면 십중팔구 자기혐오와 자해가 이어진다. 자해에 중독되듯 우는 습관에도 쉽게 중독된다. 울며불며 손목에 피가 송골송골 맺히도록 자해하면 잠깐 속이 후련해지는 느낌이 들기 때문에, 나중에는 별일 없는 날조차 하루라도 자해를 거르면 찜찜하고 불안해서 미쳐버릴 것 같다는 환자들이 많다. 툭하면 우는 습관도, 자해하는 습관도, 알코올이나 마약 중독과 동일하다. 울며 자해하는 습관에 중독되어 살다 보면 어느새 정신적으로 폐인이 되어 있다.

"울고 싶어도 참아보라고요? 이상하네요. 그런 얘기 처음 들어봤어요. 어떤 책에서 봤는데 울고 싶으면 얼마든지 실컷 울라고 하던데요? 너무 참고 살면 오히려 병이 된다던데요? 감정을 억누르면 큰일 난다고 유튜브 동영상에서 그러던데요?"

　나는 이런 이야기를 하는 환자에게 남을 위해서는 얼마든지 울어도 좋지만, 자신을 불쌍히 여기며 우는 습관이 들면 대단히 해롭다고 단언한다. 나 자신이 불쌍해서 금방이라도 눈물이 날 것 같으면, 물 한 잔 마시고 찬물로 세수라도 하면서 울지 않고 버티는 연습을 해보라고 이야기한다. 자신을 가엾게 여기며 툭하면 훌쩍거리는 것이 당연한 습관이 되면, 내 삶의 주인공은 나라는 가장 소중한 자부심이 부서진다.

　어니스트 헤밍웨이는 소설『노인과 바다』에서 강인한 정신이 무엇인지 깊이 있게 표현했다. 주인공 산티아고 노인은 오랫동안 물고기가 잡히지 않아도, 긴 시간의 사투 끝에 낚아 올린 거대 청새치가 피 냄새를 맡고 몰려든 상어들에게 살점이 모두 뜯겨나가도, 결코 울거나 한탄하지 않는다. 그는 고통스러운 현실을 똑바로 바라보며 절망적인 상황에서도 포기 없이 온 힘을 다해 상어들에 대항하여 싸운다. 그리고 상어들에게 물어 뜯겨 뼈만 남은 청새치를 함께 싸운 전우로 대하며 신화 속 영웅처럼 의연한 모습으로 항구에 돌아온다. 난 왜 이리도 재수가 없나 흐느껴 우는 산티아고의 모습으로 소설이 마무리되었다면 이 소설에는 그 어떤 감동도 없었을 것이다.

장 발장은 생색내지 않았다

생색내고 싶은 것이 인간의 본능이다. 남에게 무언가를 대가 없이 해준 뒤 무엇을 받았는지조차 잘 모르고 있는 그에게 끝까지 생색을 내지 않는다는 것은 대단히 힘들다. 그러나 이 힘든 '생색내지 않기'는 정신을 단련하기 위한 매우 효과적인 방법이다.

빅토르 위고의 대작 『레미제라블』 후반부는 혁명으로 소란해진 19세기 초중반 프랑스 파리가 무대다. 여기서 주인공 장 발장의 두 가지 위대한 선행이 펼쳐진다. 생색을 내지 않는다는 것이 때로는 인간에게 얼마나 고통스러운 자제력을 요구하는지 장 발장을 통해 살펴볼 수 있다.

의붓딸 코제트의 연인인 청년 마리우스를 구하기 위해 혁명군의 바리케이드로 뛰어든 장 발장은 평생의 원수 형사 자베르가 혁명군에게 스파이로 체포되어 곧 처형될 상황인 것을 목격한다. 장 발장은 자신의 평생 원수이니 직접 죽이겠다며 혁명군을 설득하여 자베르를 밖으로 데려가, 자신이 사는 곳까지 알려주며 조건 없이 풀어주었다. 이것이 첫 번째 선행이다.

총에 맞아 의식불명 빈사상태에 빠진 마리우스를 어깨에 둘러메고 초인적인 체력과 정신력으로 파리의 거대한 대하수도를 누비며 갖은 난관과 생명의 위험 끝에 결국 무사히 살려내어 청년의 외조부 집으로 보내준 것이 두 번째 선행이다.

이 두 선행 모두 동서고금의 문학작품에서 묘사된 위대한 인간성 중 손꼽히는 명장면이지만, 소설 속에서의 전후사정을 살펴볼 때 마리우스를 구해낸 두 번째 선행이 훨씬 더 위대한 인간성의 성취다.

자베르를 살려준 첫 번째 선행은, 장 발장 본인도 진압군에 포위된 바리케이드 속에서 살아 탈출하기를 반쯤 포기한 상황에서 즉흥적 감정으로 베푼 것이었다. 그리고 마리우스를 업고 대하수도를 탈출한 장 발장 앞에, 직전에 살려준 자베르가 다시 나타나 체포는커녕 탈출을 도와준 것으로 선행에 대한 보답이 금세 주어졌다. 자베르를 살려줄지 말지, 장 발장의 인간적인 고뇌는 이미 목숨이 경각에 달한 바리케이드 속에서 찰나의 순간이었다.

마리우스를 구한 두 번째 선행은 이와 상황이 다르다. 이 선행은 인간의 평범한 정신으로 감당하기에는 너무나 고통스러운 것이었다. 이 선행으로 인하여 장 발장은 상상하기조차 어려운 고뇌를 죽음 직전까지 겪어야 했다.

"나는 죽습니다. 이 편지를 당신이 읽을 무렵 나의 넋은 그대의 옆에 가 있을 것입니다."

마리우스가 코제트에게 혁명의 바리케이드 속으로 자기 목숨을 내던진다고 알리는 이별의 편지다. 전달을 맡은 부랑아 가브로슈와 마주친 장 발장이 이 편지를 우연히 손에 넣은 것에서, 『레미제라블』이란 책을 진정 위대하게 만든 장 발장의 두 번째 선행은 막이 오른다.

편지를 읽은 장 발장은 그동안 주위를 배회하여 신경을 곤두서게 했던 수상쩍은 청년 마리우스가 자신의 외롭고 힘들었던 인생 끝자락의 유일한 기쁨인 코제트와 몰래 사랑을 나누고 있었던 것을 알고 충격에 빠진다. 그와 동시에, 이 편지를 없애고 잠자코만 있어도 그 청년이 오늘 밤 바리케이드 안에서 진압군의 손에 죽임을 당할 것이며, 그 후 지금까지처럼 코제트와의 평화로운 일상을 이어나가면 된다는 것도 알게 된다. 말도 없이 사라져버린 연인으로 인해 코제트가 한동안 괴로워하겠지만 연락이 끊어지면 결국 잊어버릴 것이다.

그러나 장 발장은 감정이 유혹하는 길을 선택하지 않았다. 장 발장은 다음 날 새벽 혁명군의 바리케이드로 목숨을 걸고 뛰어든다. 자신의 모든 것인 코제트를 훔쳐낸 가증스러운 청년을 구하기 위해 고통과 죽음만이 따르는 길을 선택한 것이다. 장 발장은 그곳에서 처형의 위기에 몰린 자베르를 먼저 살려내고, 뒤이은 바리케이드 함락에서 총상을 입어 의식불명이 된 마리우스를 구한다.

장 발장의 가장 위대한 인간성은 소설의 다음 전개에서 드러난다. 노쇠했지만 아직 괴력을 잃지 않은 장 발장은 실신한 마리우스를 업고 진압군을 피해 미로 같은 파리의 대하수도를 누비며 결국 탈출한다. 영웅적인 구원 행위에 대해 장 발장은 의붓딸 코제트에게도, 코제트와 곧 결혼할 마리우스에게도, 사돈이 될 마리우스의 외조부 질노

르망 노인에게도, 누구에게도 한마디도 알려서 생색내지 않는다. 마리우스 부부와 가까이 지내 세상에 자신이 노출되면, 탈옥한 죄수였던 자신의 어두운 과거가 행복한 인생을 시작하는 신혼의 코제트에게 행여나 그림자라도 드리울까봐 그리한 것이다.

　장 발장은 굶주린 조카들을 위해 빵을 훔친 것과 수차례의 탈옥으로 인한 기나긴 수형생활 출소 이후, 마들렌이라는 이름으로 몽트뢰유쉬르메르 시에서 장식용 구슬산업을 일으켜 큰 성공을 거두고 코제트의 어머니 팡틴을 포함한 많은 불쌍한 자들에게 자선의 손길을 베푼 일도, 퇴락한 몽트뢰유쉬르메르 시의 시장이 되어 가난에 허덕이던 도시를 중흥시킨 자랑스러운 업적도 끝내 밝히지 않는다. 그저 본인의 정체는 바로 탈옥수 장 발장이었다는 가장 비천한 과거 하나만 마리우스에게 털어놓는다. 마리우스는 장 발장의 죽음 직전까지 그가 자신의 생명의 은인임을 상상조차 못하였으며, 비천한 탈옥수요, 부유한 공장주 마들렌의 돈을 훔쳐 파산시킨 악랄한 도둑이며, 혁명군 바리케이드 안에서 형사 자베르를 죽여 원한을 푼 무시무시한 살인자인 것으로만 생각하였다. 그래서 마리우스는 배은망덕하게도 코제트가 장 발장을 만나러 가지 못하도록 방해하며, 장 발장에게 받은 거액의 돈으로 코제트와 함께 풍요한 일상을 누리며 늙고 노쇠한 장 발장을 외롭게 방치하였다. 삶의 유일한 기쁨이던 코제트를 더 이상 보지 못하게 된 장 발장은 급속히 늙고 병들어갔다.

악역 테나르디에의 사기행각이 드러나면서 도리어 모든 진상을 깨달은 마리우스가, 침상에 누운 장 발장의 임종 직전 코제트와 함께 달려와 꿇어 엎드려 진심으로 용서를 구하는 장면으로 『레미제라블』은 마무리된다. 이 장면에서 많은 독자가 눈물을 흘리며 감동하는 이유가 무엇일까? 목숨을 걸고 구해낸 마리우스는 물론, 테나르디에 부부의 학대에서 구해내어 자신의 모든 사회적 입지를 포기하며 희생적으로 길러낸 코제트에게마저 방치되어 외로이 죽음을 맞이하게 된 괘씸하고 서러운 상황에서, 장 발장은 자신의 과거에 얽힌 자랑스러운 진실과 마리우스에 대한 영웅적 구원행위에 대해 단 한마디도 알려서 생색을 내지 않고, 죽음을 맞이하기 직전의 순간까지 홀로 묵묵히 고통을 견뎌냈다. 그것이 얼마나 불가능할 정도로 힘든 일인지 독자들이 너무나 잘 알기에 그토록 큰 감동이 생겨나는 것이다. 이야말로, 배은망덕하게도 은촛대를 훔친 죄를 용서하고 경찰 앞에서 장 발장을 감싸며 그의 손에 은촛대를 도로 쥐어준 미리엘 주교, 장 발장이 평생의 은인이자 정신적 스승으로 존경한 그 미리엘 주교를 능가하는, 한 인간이 도달할 수 있는 강하고 아름다운 인간성의 극치다. 현실에서는 존재가 불가능한 수준의 인간승리를 이 장면에서 목격하였기에 독자들이 감동의 눈물을 흘리는 것이다.

　물론 장 발장은 빅토르 위고의 소설 속 등장인물일 뿐이다. 그와 같은 인간성이 현실에 똑같이 존재하기는 어렵다. 하지만 우리 평범한 인간들도 그 백분의 일이라도 본받으려는 마음으로 살아갈 수는 있다. 인간으로서 강해지기 위해 치러야 할 정신적 고통이 어떤 것인지 장 발장은 우리에게 보여주었다. 임종 직전에 비로소 진상을 깨닫고 달려온 마리우스와 코제트 앞에서 장 발장의 마음이 그만 약해져 사실은 그동안 너무 서운했다고 눈물콧물 쏟으며 원망을 했다면? 당연한 인간적 마음인, 보통사람과 비슷한 수준의 이런 원망과 푸념을 마지막 순간에 하면서 마리우스 부부에게 온갖 생색을 부렸다면, 우리의 마음에 장 발장에 대한 연민은 생길지언정 큰 감동은 생겨나지 않았을 것이다. 장 발장이라고 해서 어찌 자신이 한 일에 대해 생색을 내고 원망하고 싶은 마음이 없었겠는가? 그 원망의 마음, 생색을 내고 싶은 마음을 죽음의 순간까지 추호도 드러내지 않고 불가능한 수준의 강하고 너그러운 마음을 끝까지 지켜냈기에 죽음 코앞에서 장 발장은 위대한 인간 승리를 거둘 수 있었다.

『레미제라블』의 마지막 장면에서 느껴지는 감동은, 장 발장의 훌륭한 내면을 닮고자 하는 소망이 이미 우리의 내면에 존재한다는 증거다. 내가 베푼 일에 대해 죽음의 순간까지 생색을 내지 않는 것은 이토록 아름답고 훌륭한 일이구나, 눈물을 흘리며 감동했던 그 마음을 일상에서 되새기며 단련한다면 분명 인간으로서 한 차원 강해질 수 있다.

감사와 보답을 바라지 않는다

내가 베푼 것에 대한 감사와 보답을 바라지 않는 것 또한 인간으로서 강해지기 위해 대단히 중요하다. 먼저 생색을 내는 것까지는 모양새가 추하니 어떻게 억지로 참아볼 수는 있어도, 상대편이 나의 배려와 수고에 대해 감사하는 마음을 가져주고 나아가 표시까지 해주었으면 하는 마음까지 참기는 어렵다. 그 마음 또한 인간의 본능이기 때문이다.

나를 포함한 대부분의 사람들은 남에게 정말 별것도 아닌 사소한 호의를 베풀었을 때조차 감사의 표시가 없으면 기분이 나빠진다. 교통정체 상황에서 앞에 끼어드는 차한테 차선을 양보해준 정도의 작은 일에서도 그 차가 고맙다는 뜻의 비상등을 안 켜면 나도 모르게 입에서 욕이 나온다. 차선 양보보다 훨씬 큰 호의나 은혜를 베풀었는데 상대가 몰라주면, 내가 너한테 이렇게 저렇게 신경 써서 해줬는데 어떻게 내게 이럴 수가 있느냐, 서운한 마음에 그만 기분 나쁜 기색이 겉으로 드러나고 만다. 그 나쁜 기분을 견디다 못해 그만 심통이나 화라도 내버리면 기껏 베푼 은혜나 배려의 가치가 사라지고 내 자부심에도 생채기가 난다. 베푼 것에 대해 상대방의 감사를 바라는 마음은 인간의 본능에 속한다. 어떻게 해야 그 강한 본능을 이겨낼 수 있을까?

누군가를 너그럽게 배려하고 호의를 베푸는 것 자체는 훌륭한 일이다. 하지만 내가 베푼 것에 대해 상대방이 감사하고 보답하기를 바라는 마음에 툭하면 사로잡혀 괴로워진다면, 그동안 남에게 베풀었던 배려와 호의가 내 그릇이 실제보다 크다는 착각에서 비롯되었음을 깨달아야 한다. 내가 베푼 것을 상대방이 당연한 일로 알고 아무런 감사 표시조차 하지 않더라도 괘념치 않을 수 있는 한계, 딱 그 정도가 바로 현재 내 그릇이다. 내가 누군가에게 신경 써서 뭘 해줬는데 그 사람이 별반 고마워하지도 않는다고 은혜를 모르는 놈이라고 분한 마음에 여기저기 떠들고 다닌다면 그것은 아직 남에게 그만큼의 것을 베풀기에는 내 그릇이 몹시 작다는 증거다.

내가 해준 일에 대해 상대의 감사와 보답을 바라는 속 좁은 마음에 자꾸만 사로잡히지 않기 위해서는 내 그릇을 더 키워야 한다. 자발적으로 베푼 호의와 배려에 대해 상대방의 보답이 없는 것은 지극히 당연하며, 베푼 은혜가 원수로 되돌아오지만 않아도 감사한 일이라고 받아들여야 한다. 상대의 감사와 보답을 바라는 마음에 자주 사로잡혀 내 마음이 툭하면 꽁해지고 삐딱해진다면, 이는 호의든 배려든 아무것도 베풀지 않은 것보다 못하며 내 정신적 역량이 아직 왜소하다는 의미임을 이해해야 한다.

부부 사이에, 직장동료와 선후배, 친구 사이에 내가 자발적으로 베푼 것에 대한 감사와 보답을 바라지 않도록 항상 경계하며 단련해보

라. 본능을 거슬러 노력해야 하는 일이기에 쉽지 않지만 끊임없이 분투한다면 분명 내면의 힘을 곱절로 키울 수 있으리라.

변명하지 않는다

내 실수와 잘못에 대해 남 탓, 주위 환경 탓하며 변명하지 않는 것 또한 자기 극복이다.

사회생활을 하다 보면 변명하고 싶은 상황들이 끊임없이 생긴다. 예상 못 한 잘못과 불가항력적 실수가 이어진다. 마음이 충분히 강하지 못하다면 그럴 때 자기도 모르게 남 탓이나 상황 탓이 나와버린다. 매사에 무슨 탓을 하는 습관이 들어버리면, 변명거리만 찾는 나약한 사람이란 인상을 주게 된다. 남이 나를 한심하게 보는 것보다 더 큰 문제는 매번 변명을 하며 남 탓을 일삼는 습관이 내 마음속 비굴함을 키우는 것이다. 비굴한 마음에 자꾸 굴복하다 보면, 내게 불리할 것 같은 일만 생기면 더욱 가당찮은 이런저런 탓을 일삼는 악순환에 빠진다.

변명을 통해 다른 사람에게 책임이 전가될 수 있는, 즉 결과적으로 남 탓을 하게 될 상황이라면 상황적으로 억울한 점이 있더라도 변명을 하지 않는 것이 좋다. 그래야 내 자부심을 지킬 수 있다.

불가항력적 상황으로 억울한 책임을 지게 되었던 것이라면 외부 요인에 대한 탓을 하지 않더라도 언젠가는 내가 처했던 상황이 자연스럽게 드러나 해명이 될 것이다. 구차한 변명 없이 묵묵히 견딘 내 인격에 대해 남들이 재평가하게 될 것이다. 설혹 내 억울함이 끝내 다른 사람들에게 해명이 되지 않더라도, 변명과 남 탓의 유혹을 끝까지 이겨낸 나 자신에 대한 자부심만은 지킬 수 있다. 그래야 인간으로서 강해질 수 있다. 외부적 요인이 일정부분 작용했더라도 어떻게든 내가 더 주의하고 신경을 썼으면 대처 가능했던 상황이라면 더더욱 남 탓이나 상황 탓으로 이어질 변명을 안 하는 것이 좋다.

내 실수나 잘못이 밝혀지면 괴로워지는 것이 인간의 당연한 마음이지만, 당황했다 하여 이런저런 탓에 기대어 구차히 변명하는 것이 습관으로 굳어지면 안 된다. '나는 어떤 상황에서도 내 잘못에 대해 남 탓, 환경 탓, 과거 탓을 하지 않고 묵묵히 책임지는 사람!'이라는 자부심은 정신적 성장을 위해 반드시 필요하다.

내게 조금이라도 실수나 잘못이 있었다면 흔쾌히 인정하고, 억울하고 괴롭더라도 성실히 사과하고, 그에 따른 괴로움과 굴욕감은 앞으로 그 실수와 잘못을 반복하지 않기 위한 쓴 교훈으로 삼아야 한다. 내 인간적 자부심을 지키기 위해.

자랑하지 않는다

자신의 작은 성취나 남보다 조금 나은 점을 경망스럽게 자랑하지 않도록 경계하는 것 또한 정신을 강하게 단련하는 방법이다. 본인 장점을 남들 앞에 최대한 어필하라는 조언도 있는데, 이것은 예를 들어 야구나 축구 같은 종목의 프로선수가 자유계약으로 풀린 경우 같은, 사람이 일종의 상품이 되는 식의 특수한 비즈니스 상황에나 어울릴 뿐 가족, 친구, 동료들 같은 일반적인 인간관계에는 적용하면 안 될 잘못된 조언이다.

팔리어 경전에서 석가모니는 인격이 저열한 사람은 자기 자랑을 일삼지만 훌륭한 사람은 자랑을 하지 않는다고 가르쳤다.

"저열한 사람은 묻지도 않았는데 자신의 자랑거리를 늘어놓는다. 하물며 물음을 받는다면 말해 무엇 하겠는가. 질문이라도 받으면 자신의 자랑거리에 대해 하나도 생략하지 않고 머뭇거리지도 않고 아주 자세하게 말한다."

"훌륭한 사람은 자기 자신에 대한 질문을 받았을 때도 자신의 자랑거리를 드러내지 않는다. 하물며 질문을 받지 않는다면 말해 무엇 하겠는가. 마지못해 대답해야 할 경우에도 자신의 자랑거리를 생략하고 머뭇거리면서 대충 말한다."

잘난 척은 그에 대한 다른 사람의 감탄이나 호의적 반응을 기대하는 동물적 본능, 즉 과시욕을 충족하려는 행동이다. 내 잘난 모습에 대해 자랑을 했을 때 남이 내 의도대로 감탄하고 부러워하면 과시욕이 충족되어 쾌감이 생긴다. 잘난 척을 했는데 남들로부터 별 반응이 없거나 기대와 반대로 조롱이 돌아오면, 충족이 좌절된 과시욕의 몇 배로 불행한 기분이 든다. 잘난 척에 습관이 들어버린 사람은 내 자랑에 대한 타인의 반응에 지속적으로 사로잡히기 때문에 결국 남의 반응에 일희일비하는 정신적 노예로 전락한다.

SNS에 글이나 자기 사진을 올리고 손쉽게 수만 명으로부터 '좋아요'를 받는 쾌감에 중독된 인기인은 인기 추락으로 '좋아요'가 줄어들거나 도리어 조롱하는 악플이 주로 달리는 상황을 견디기 어렵다. 자기 자랑이란 독한 마약에 중독이 되면, 더 이상 과시욕을 충족하지 못하게 된 삶, 내 못난 자랑을 받아줄 사람들이 사라진 삶이 탈출구 없는 생지옥으로 화한다.

자신의 잘난 부분을 드러내지 않고 의식적으로 감추는 겸손은 과시욕에 반하는, 본능을 거스르는 행동이므로 꾸준한 실천이 쉽지 않다. 하지만 과시욕에 사로잡힌 사람들이 아무리 잘난 척을 일삼아도, 나만은 일상에서 항상 겸손을 실천하려 노력할 때 남의 반응에 일희일비 구애받지 않는 정신력을 키울 수 있다. 처세술이란 측면에서도, 내게 정말 뛰어난 점이 있다면 남들도 언젠가 자연스럽게 알게 되므로 쓸데없이 자랑하여 반감을 살 필요가 없다. 또한 잘난 것도 없는데 과

장해서 자랑을 하면 별 볼일 없는 실체가 밝혀질 때 마음이 지옥 밑바닥으로 끝없이 추락한다는 것을 명심해야 한다.

과시욕을 경계하고 겸손하려고 애쓰는 것은 정신의 훌륭한 단련법이다. 사회적 성취를 이루었거나 남들이 누구나 부러워하는 면모를 지니고 있는 사람일수록 과시욕을 더 경계해야 한다.

에픽테토스는 말했다. 양은 풀을 얼마나 뜯어먹었는지 자랑하기 위해 토해내어 양치기에게 보이지 않고, 먹은 것을 조용히 소화시켜 양털과 젖을 만들 뿐이라고.

신체를 단련하는 이유

신체를 꾸준히 단련하는 것은 편안하고자 하는 강력한 본능을 극복할 때만 가능하다. 그러므로 지속적인 신체 단련 그 자체가 훌륭한 정신 강화법이다.

감각적 쾌감을 자극하는 물질과 서비스가 넘쳐나는 시대이기에 오감의 즐거움과 안락함이 인생의 주목적인 사람이 많은 것도 당연하다. 그러나 그렇게 살다 보면 힘든 신체 단련을 게을리 하여 체력이 약해지기 쉽다. 몸이 약한데 정신력만 유독 강하기는 매우 어렵다. 삶의 무거운 짐을 짊어지고 험난한 길을 오랫동안 걸어가려면, 육신의 편안함을 매일 일정 시간 내려놓고 신체를 고통스럽게 단련할 필요가 있다. 괴로운 신체 단련 그 자체가 인생에 따르는 필연적 고통의 완벽한 은유다. 숱한 시와 노래가사에서 달리기를 인생에 비유해온 것은 그래서이다. 인간의 강하고 안정된 정신력은 고통을 이겨내며 매일 꾸준히 신체 단련을 지속할 수 있는 능력과 깊은 관련이 있다.

우울, 불안으로 내원한 환자에게 약물치료로 증상이 어느 정도 호전된 시점부터는 꾸준히 신체 단련을 해보라고 하면 많은 경우 고리타분한 조언으로 받아들인다.

"아, 햇볕 쬐고 산책하고 운동하라는 말이세요? 그래서 기분이 잠깐 상쾌해진다고 해서 내 인생이 뭐가 달라진다는 거죠?"

환자가 유난히 미성숙하면 심지어 이런 삐딱한 반응도 나온다. 신체 단련을 하라는 조언을 잘못 이해한 것이다. 기분이 상쾌해지기 위한 목적으로 신체를 단련하라는 말이 아니다. 물론 운동을 해서 땀을 흠뻑 흘린 후에 씻고 나면 개운해지는 부가적 효과도 있다. 그러나 상쾌해지기 위해서 운동을 한다는 것 또한 결국은 감각적 만족에 집착하는 행위에 불과하다. 육체의 고통을 정신의 힘으로 끊임없이 이겨냄으로써 내면의 강인한 발전을 추구한다는 신체 단련의 진정한 의미에서는 멀리 비껴간 것이다.

심오한 철학을 발달시킨 고대 그리스에서, 인간의 신체 단련을 극한까지 끌어올린 여러 종목의 경기를 개최하고 그 시합을 신들에게 바쳐 영광을 찬양하는 올림피아 제전이 태어난 것은 결코 우연이 아니다. 고대 그리스에는 올림피아 제전 외에도 각지에서 펼쳐지는 운동 제전이 많았는데, 그러한 운동 제전은 하나같이 신들에게 바치는 엄숙한 종교 제전이기도 하였다. 육체와 정신의 단련은 하나의 길로 이어지며, 그 길은 고귀한 신성神性으로 향한다는 것을 고대 그리스인들은 일찍이 깨우쳤던 것이다.

편하게 쉬어도 되는 상황에서 신체능력의 발전을 위해 스스로 고된 단련을 하는 동물은 인간밖에 없다. 다른 동물들은 야생에서의 생존을 위해 본능적으로 움직인 결과로서 신체가 단련될 뿐, 신체능력의 발전 자체를 위해 본능을 거스르며 고통을 참고 근력과 심폐지구력을 단련하지는 않는다. 때문에 신체 단련은 육체적 활동임과 동시에 인간만의 고유한 정신적 활동인 것이다. 다른 동물과 달리 몸이 편하고 싶은 본능에 안주하지 않고, 매일 조금씩 더 강해지기 위해 본능을 거슬러 고통을 참고 몸을 단련하는 행위 자체가 인간이 걸어야 할 험난한 길의 상징이다. 규칙적인 신체 단련은 그래서 강한 정신력을 단련하기 위해 필수적이다.

일찍 일어나는 이유

단잠을 더 자고 싶은 욕구를 끊어내고 매일 새벽 일찍 일어나는 습관 또한 정신을 단련하는 데 도움이 된다. 인간은 박쥐나 올빼미 같은 야행성 동물이 아니다. 전기가 있고 인터넷이 있기에 야행성으로 활동하고 오전 내내 늘어지게 자는 습관에 젖은 사람이 많다. 그런 생활이 감각적으로는 편할지 몰라도 그로 인해 정신은 피폐해지기 십상이다.

남보다 강한 정신력을 지니려면 매일 새벽 단잠을 끊고 일어나 해가 떠오르기 전에 신체 단련을 하는 것이 좋다. 기독교, 불교 등의 수도원에서 기거하는 수도승들은 매일 새벽 아직 캄캄할 때 일어나 밭을 가는 노동으로 땀을 내어 남아 있는 잠을 깨운 후 바른 자세로 정좌하여 새벽기도에 들어가는 일과로 하루를 시작한다. 이것은 동양에서도, 서양에서도 그 역사적 연원이 천년이 넘는 유서 깊은 전통이다. 수도승들의 이러한 일과는 인간이 나태함에 빠지지 않고 정신적으로 맑고 강인해지려면 어떤 생활습관으로 살아야 하는지에 대한 인류의 오랜 지혜가 녹아 있는 유산이다.

야간 교대근무를 해야 하는 특수한 직업에 종사하는 경우가 아니라면 매일 같은 새벽 시간에 일어나 해가 떠오를 때까지, 막 일어나 식어 있고 뻣뻣한 몸에 살짝 땀이 올라와 부드럽게 풀릴 때까지 운동하는 것이 좋다. 그래서 해가 지평선 위로 떠올랐을 때는 이미 잠이 완전히 깨고 몸이 다 풀려 어떤 일에도 바로 대응이 가능하도록 심신의 준비를 완료하는 것이다. 그것이 인간이 아침을 맞이하는 최적의 방법이다. 1만 5,000년 전 라스코 동굴과 알타미라 동굴에 사냥감의 번성을 기원하며 화려한 채색벽화를 그린 선사시대 크로마뇽인에게도, 인터넷으로 전 지구가 연결된 세상에 사는 현대인에게도, 동트기 전에 기상하여 몸을 부드럽게 풀고 생존을 위한 만반의 준비를 완료하여 어떤 사태에도 대비가 가능한 상태로 아침을 맞이하는 것이 최적의 생활패턴이다.

해가 중천에 뜰 때까지 늦잠을 자고 일어나 정신을 좀 차리면 이미 시간이 오전 11시, 심지어는 정오가 넘은 상태가 매일 반복되는 게으른 야행성 생활은 인간을 나약하게 만든다. 일어난 그 순간부터 이미 하루가 많이 흘러가버렸고 시간을 헛되이 낭비하고 있다는 불안감과 불쾌감에 사로잡혀 기분이 나빠지며, 늦잠을 자고 일어났을 때 특유의 나른하고 찌뿌드드하고 멍한 느낌 때문에 의미 있는 활동을 바로 시작할 마음이 좀처럼 올라오지 않는다.

일찍 일어나서 심신의 준비를 완료한 상태로 하루를 시작하는 생활패턴을 지속적으로 유지하는 것은 쉽지 않다. 아니, 대단히 어렵다. 저녁 약속, 회식, 피로감, 별로인 기분, 늦잠을 자기 위한 온갖 핑계가 끊임없이 생겨나기 때문이다. 감각적 안락함에 사로잡히지 않기 위

해 끊임없이 마음을 다잡는 사람만이 일찍 일어나는 생활을 유지할
수 있다.

열등감은 변화의 원동력

내 약점에서 비롯되는 열등감을 자연스러운 인간 본능이라고 받아
들이고, 열등감의 고통으로 자포자기 못난 행동을 하지 않도록 견뎌
내며, 열등감으로 인한 괴로움을 발전을 위한 에너지로 전환하는 것
또한 정신력의 단련이다.

열등감은 결코 이상하거나 잘못된 마음이 아니다. 외모가 객관적으
로 아름답지 못하다면 나보다 잘생기고 예쁜 사람 앞에서 위축되는
것이 지극히 정상이다. 몸이 왜소하고 허약한 사람은 건장하고 근육
이 우람한 사람 앞에서 자연스레 기가 죽는다. 사춘기 청소년이 운동
신경이 나빠 단체운동에서 매번 꿔다놓은 보릿자루 취급을 당하고
몸치, 제발 가만히만 있어라, 이런 소리를 자꾸 들으면 체육시간이 되
는 것이 두렵고 자괴감이 생기는 것도 당연하다. 학벌이 별로인 것이
평생의 한인 사람은 나보다 좋은 학교를 나온 사람만 만나면 행여나
출신 학교 얘기라도 나올까봐 조마조마 신경이 쓰인다. 가난해서 삶
이 고달프면 부자의 여유 있는 소비생활 앞에서 내 모습이 초라하게

느껴지고 나보다 잘 사는 상대의 별 뜻 없는 말과 행동에도 무시당하는 듯한 기분에 쉽게 사로잡힌다.

이러한 열등감은 인간에게 있어 지극히 당연한 심리현상이라는 것을 인정하고, 열등감으로 인한 마음의 고통을 정면으로 받아들여 견뎌내야만 인간으로서 강하게 성장할 수 있다. 그런 사람만이 열등감을 약점을 극복하고 장점과 재능을 찾아서 키우기 위한 변화의 에너지로 전환할 수 있다. 그런 의미에서 보자면 열등감은 인간에게 해롭기만 한 감정은 결코 아니다.

열등감의 고통을 정면으로 받아들이지 못하다 보니, 열등감에 대한 잘못된 위로와 위안이 판을 친다. 열등감으로 괴로워하는 그 자체가 병적 심리며, 열등감을 느끼는 이유는 자존감이 낮아서 그렇고, 세상에 잘나고 못난 것을 판가름하는 객관적인 기준이란 원래 없으며, 누구나 다 태어날 때부터 똑같이 소중한 존재임을 깨달아 자신을 사랑하며 자존감을 높이면 그때부터는 열등감으로 괴로울 일이 없게 된다, 이런 식의 위안은 만성적 열등감으로 괴로워하는 사람에게 실질적인 도움이 안 되며 열등감의 극복을 도리어 방해한다. 술이나 담배가 제공하는 것 같은 잠깐 동안의 감정의 마취만이 이런 위안의 유일한 기능이다.

열등감은 상대방과의 우열을 내 마음에서 본능적으로 감지하여 자연적으로 생겨나는, 피해갈 수 없는 감정임을 용기 있게 받아들여야 한다. 그래야 그다음 단계, 즉 열등감의 극복을 위한 노력으로 나아갈 수 있다. 열등감을 잘못된 감정이라고 부정하는 것은 고통스런 현실에 대한 회피일 뿐이다.

간혹 본인이 열등감을 지닌 부분을 상대가 물어보지도 않았는데 미리 입 밖으로 토해내는 경우가 있다. 강한 열등감이 있는 부분이니 건드리지 말라고 상대에게 미리 경고를 하려는 무의식이 작용하기도 하고, 강자에게 배를 뒤집어 보여주는 강아지마냥 자신의 약점을 미리 보여주며 상대에게 아부하려는 뒤틀린 굴종의 심리가 작용하기도 한다. 경우에 따라서는 열등감을 스스로 드러내는 이런 행동이 '열등감의 극복'이라고 착각하기도 한다. 열등감으로 인한 고통이 너무도 크기에 어떻게든 그 고통을 줄여보려는 생각에서 나온 이런저런 몸부림이겠지만, 어떤 이유에서건 본인의 인간적 자부심을 해칠 뿐이다. 결국 열등감으로 인한 고통이 인간의 자연스러운 감정임을 정면으로 받아들이지 못해서 생기는 해로운 행동들인 것이다.

"난 얼굴이 넓적하고 너무 못생겨서……. 넌 얼굴도 작고 하얗고 콧대도 높고 눈도 크고, 이렇게 예쁘니까 어딜 가나 남자가 따르고 정말 좋겠다. 난 진짜 네 얼굴로 하루라도 살아보면 좋겠어. 예쁜 얼굴로 사는 게 어떤 느낌인지 하루라도 느껴보고 싶어."

"난 말이죠, 어릴 때 집이 가난해서 공부를 제대로 못했어요. 그래도 나보다 공부 많이 한 놈들한테 한 번도 져본 역사가 없어요. 좋은 대학 나왔다고 자랑하는 것들도 막상 부대껴보니 다들 실력도 없고 세상물정도 모르더라고요. 무슨 학벌 따지고 그런 거, 저는 진짜 우습다고 생각해요. 학벌이 좋으면 뭐해요, 먼저 인간부터 되어야지.”

“우리 집은 부모가 지지리도 가난한데다 무식하고 천박하기까지 해서 어릴 때부터 부모한테서 아무 지원도 못 받았어. 너희 집은 부자고 부모님도 교양 있고 자상하셔서 진짜 부럽다. 나도 너희 집 딸로 태어났으면 좋았을 텐데. 너만 보면 난 진짜 너무너무 부러워. 난 왜 이렇게 못난 가난뱅이 부모 밑에서 태어났을까? 인생은 참 불공평해, 그치?”

열등감의 고통을 내 마음에 일어나는 자연스러운 심리현상으로 받아들이는 것과 이렇게 함부로 남 앞에 드러내는 것은 전혀 다르다. 열등감을 날것 그대로 드러내면 인간으로서 꼭 지켜내야 할 품위와 자부심이 무너진다. 조금 잘났다고 과시욕에 사로잡혀 여기저기 드러내고 자랑하는 것이 못난 행동이듯, 나보다 우월한 자에 대한 적대감을 표출하거나 반대로 칭송하고 부러워하며 내 안의 열등감을 드러내는 언행 또한 지극히 어리석다. 정말 친한 사이에서 스스럼없이 농담으로 하는 것이 아니라면, 상대방에 대한 열등감을 그 사람을 앞에 두고 진지하게 거론하면 상대를 당혹스럽게 만들고 나를 업신여기게 만든다. 이는 열등감의 극복이 아니라 오히려 열등감에 강하게 사로잡힌 어리석고 못난 행동임을 명심해야 한다.

열등감은 잘못된 감정이 아니다. 그것은 내 의지와는 무관히 내 안에서 본능적으로 일어나는 괴로움이다. 그러므로 열등감으로 인한 긴장, 위축감, 자괴감 등의 고통은 억지로 부정하려 하지도, 일부러 드러내려 하지도 말고, 피할 수 없는 자연적 현상을 대하듯 묵묵히 감당해야 한다. 열등감의 고통은 더위나 추위를 우리가 괴롭다고 느끼는 것과 같다. 원치 않는다고 추위와 더위로 인한 고통을 거부할 수는 없지만 품위 있게 받아들이고 견뎌낼 수는 있다. 열등감도 그와 같다.

열등감으로 인한 고통이 자연스러운 정서반응임을 받아들여야 그에 올바로 대처할 수 있다. 열등감이 마음속에서 괴롭게 솟아오르더라도 드러내지 않고 차분하고 평온한 모습을 유지하기 위해 정신을 단련하는 것이다. 물론 열등감으로 인한 위축감을 드러내지 않고 갈무리하는 것은 쉽지 않다. 오랜 노력이 필요하다. 마치 얼음장처럼 차가운 물속에 들어가도 호들갑 떨지 않고, 땀이 뻘뻘 흐르는 한증막에서도 의젓한 표정으로 견딜 수 있는 단련을 하는 것과 같다. 결코 쉽지 않으나 그렇다고 불가능한 것도 아니다. 고통을 견디며 끈기 있게 정신을 단련하는 오랜 노력을 통해 내면에 차곡차곡 자부심이 쌓인다. 자부심을 지켜낼 수 있는 사람은 열등감의 고통을 충분히 극복할 수 있다.

위인들의 전기를 읽으면 열등감으로 인한 고통을 변화의 에너지로 삼았던 무수한 사례를 알게 된다. 일일이 거론할 것도 없이 위대한 인물 대부분이 이런저런 열등감으로 고뇌하며 극복을 위해 노력하는 과정에서 자신도 미처 몰랐던 재능을 발굴하여 보다 훌륭한 인간으로 변해갔던 것이다. 열등감은 불필요한 감정이 아니다. 열등감을 자연스러운 심리현상으로 받아들이고 그 고통을 변화의 원동력으로 삼는 사람은 한 차원 높은 곳으로 도약할 수 있다.

상황을 객관화시켜 다른 관점으로 본다

자신이 처한 괴로운 상황을 도저히 받아들이기 어려울 때, 그 상황을 다른 객관적 관점에서 바라보는 훈련도 정신력 단련에 도움이 된다.

'사고실험'이란 방법이 있다. 그리 엄청난 것은 아니다. 독자들도 이미 무의식중에 종종 사용하고 있는 심리적 대처법이다. 동서고금의 위대한 철학자들과 성인들의 가르침 속에 담긴 여러 비유와 상징에 사고실험의 단초가 들어 있다. 이 사고실험을 마음이 괴로울 때마다 의식적으로 해보는 것이다.

에픽테토스는 말했다.

"사람은 어떤 일 자체로 인해 고통 받는 것이 아니다. 그 일에 대한 자신의 생각으로 인해 괴로워지는 것이다."

즉 내게 일어난 불쾌한 일을 다른 관점으로 볼 수 있다면 고통이 줄어든다는 것이다. 하지만 사람은 누구나 자기중심적이기에 내게 일어난 불쾌한 일을 다른 관점으로 바라본다는 것이 쉽지 않다. 그럴 때 사고실험을 통해 좀 더 쉽게 객관적 관점으로 바라볼 수 있다. 이는 내가 상담할 때 종종 환자들에게 조언하여 좋은 반응이 많았던 방법이다.

예를 들어 어떤 기분 나쁜 일이 생겨서 계속 괴로운 생각만 떠오르고 아무리 노력해도 가라앉지 않을 때, 그 괴로움이 돈으로 따지면 얼마에 해당할지, 내 신체부위 손상으로 따지면 어느 정도에 해당할지를 생각해봄으로써 감정을 객관화해 볼 수 있다.

어떤 가정주부가 돌아오는 주말에 친구들과 오래간만에 1박 2일로 동해안에 놀러갈 즐거운 약속을 생각하며 아침부터 기분이 매우 좋았다. 그런데 평소에 관계가 별로인 시어머니가 갑자기 전화해서 터무니없는 잔소리와 꾸지람을 해서 좋던 기분을 확 잡쳤다고 해보자. 기분이 나빠진 것은 의지로 즉각 개선할 수 없지만, 내가 시어머니의 잔소리로 입은 정신적 피해를 사고실험을 통해 객관화하는 것은 충분히 가능하다.

화가 나고 우울해진 이 주부에게 날개 달린 천사가 다가와 반갑게 인사하더니, 시간을 다시 돌려 오늘 아침에 생긴 시어머니 관련 사건을 아예 일어나지 않도록 하여 나쁜 기분이 완전히 사라지게 해주겠다는 제안을 했다. 그렇다고 공짜는 아니라서 대가로 돈을 내야 한다.

이 가정주부는 대가로 그 천사에게 자신의 돈을 얼마까지 지불할 의사가 있을까? 대가로 10만 원까지는 지불할 용의가 있다면 시어머니 잔소리는 이 주부에게 10만 원치 정신적 피해를 입힌 사건이고, 잘 생각해보니 1만 원도 아깝고 5,000원은 내겠다면 5,000원치 피해를 본 사건이다. 가격이 10만 원인지, 5,000원인지, 아니면 얼마인지 스스로 정해보면 이 상황에서 내가 입은 정서적 손해가 어느 정도인지 객관적 관점으로 바라볼 수 있다. 만약 5,000원 손해를 본 사건이라고 스스로 결론 내렸다면 어느 정도로 화를 내고 괴로워하는 것이 적당하겠는가?

믿었던 여자친구가 내 절친한 친구와 바람을 피우고 있는 것을 알게 되어 결국 헤어지게 되었다. 그래서 미칠 듯 분노가 치밀고 며칠째 아무것도 손에 잡히지 않는 지옥 같은 마음이다. 평생 이 분노와 배신감을 지우지 못할 것 같고 당장이라도 여자친구를 저주하는 유서를 써놓고 옥상에서 뛰어내려 자살하거나 시퍼런 칼이라도 들고 두 사람에게 쳐들어가 너 죽고 나 죽고 대형사고를 칠 것 같은 느낌이다. 이런 고통스런 상황 또한 사고실험을 통해 객관화해서 바라볼 수 있다.

역시 날개 달린 천사가 다가오더니 시간을 되돌려 여자친구와 내 친구가 바람피운 사건을 사라지게 하고 내가 여전히 여자친구와 아무 일 없이 잘 연애하고 있는 상황으로 바꿔주겠다고 제안한다. 시간을 되돌리는 대가로 천사에게 내 신체부위의 어느 정도까지 잘라내어 바칠 수 있을지 생각해보라. 내가 오른손잡이라 오른손은 안 되면 왼쪽 손목은 가능한가? 손목이 어렵다면 검지는? 여자친구하고 결혼을 약속한 사이도 아닌데 중요한 검지는 아무래도 안 되겠다면 새끼손가락은? 아무리 제일 쓸모가 없는 왼손 새끼손가락이라도 전체 절단은 감내 못하고 새끼손톱 절반 정도까지 바치는 것까지는 받아들일 수 있다고 쳐보자. 여자친구가 바람피운 사건이 내게 준 정신적 피해는 실제로는 그 정도, 그 사건을 천사가 시간을 되감아 취소해주는 대가로 왼손 새끼손가락 0.5센티미터 절단까지는 감내할 수 있는 정도인 것이다. 이렇게 생각한다면 왼손 새끼손가락 끄트머리 0.5 센티미터 절단된 피해에 어느 정도의 정신적 충격이 합당한지 객관적 관점으로 바라볼 수 있다. 물론 내 귀한 몸에 그 정도 손상이 생기는 것만 해도 큰일이다. 최소한 별것도 아닌 일이라 볼 수는 없다. 하지만 여자친구를 원망하는 유서를 써놓고 자살하거나, 칼 들고 쳐들어가 너도 죽고 나도 죽는 대형사고를 칠 정도의 일은 아니구나 하고 다시 생각해볼 수 있다.

  우리는 사고실험을 통해 위에 예시로 든 것 같은 불쾌한 사건뿐 아니라 우리가 가진 어떤 소중한 자원의 가치 또한 객관화할 수 있다. 내 시간, 가족, 대인관계, 직업 등 내가 가진 이런 여러 자원을 되돌아보며 그것들이 진정 어느 정도의 가치인지 다시 한번 생각해볼 수 있다. 이 또한 내가 상담할 때 종종 조언하여 좋은 반응이 많았던 방법이다.

스무 살의 대학교 2학년생이 삶이 무가치하고 열심히 살아봤자 아무 의미 없다는 비관적 생각에 사로잡혀 공부도 체력 단련도 대인관계도 다 포기하고 하루 종일 자극적 음식을 폭식하고 온라인게임에만 빠져서 몸과 마음을 끝없이 해치며 시간을 낭비하고 있다 해보자. 나는 이와 비슷한 상태인 청년들을 환자로 많이 보아왔다.

이 학생에게 신비로운 능력을 지닌 어떤 나이 든 갑부가 묘하게 생긴 도자기병을 들고 다가와, "아까운 젊음을 그렇게 낭비하지 말고 자네 인생 20년을 나에게 팔게나. 이 병에다 자네 시간을 담아가겠네. 이렇게 시간을 함부로 낭비하고 있을 바에는 하루빨리 나한테 파는 게 나아 보이는구먼. 지금부터 20년 시원하게 자고 일어나 눈 뜨면 40세 중년이 되어 있을 거야. 자네의 20년치 생명은 이 병에 담아서 가져가 내가 다시 젊어지는 데 쓸 것이고, 그 대신 눈을 떠보면 40세가 될 자네 은행계좌에 200억 원이 입금되어 있을 거야. 그 정도면 이자만으로도 죽을 때까지 일 안 하고 편하게 살 수 있겠지. 혹시 200억 원이 마음이 안 들면 자네 인생 20년을 나에게 팔 가격이 얼마일지 스스로 제시해보게나. 단, 협상의 기회는 한 번뿐이네. 자네가 제시하는 가격이 내 마음에 안 들면 내 쪽으로부터 다시 제안은 없어. 다른 사람에게 기회가 갈 거야"라고 말했다. 당연히 이런 일이 영화가 아닌 현실에서는 불가능하지만, 내가 가진 시간의 가치를 다른 관점으로 보기 위해 사고실험을 해보자는 것이다.

독자들이 이 상황이라면 당신의 20년 인생을 얼마에 팔겠는가? 20세의 대학생이 아닌 30세의 주부라면? 40세의 직장인이라면? 인간의 인생은 평균 80~90년 정도이고 노쇠하기 전 활동적인 성인으로 사는 기간은 잘 봐줘야 50여 년이다. 이 활동적인 성인으로서의 세월 중에서도 가장 젊고 활동적이며 돈으로 헤아릴 수 없는 소중한 체험들을 해야 할 20년의 시간을 돈으로 팔라고 하면 아마 대부분의 사람은 거부할 것이며 팔더라도 최소 수백억 원의 돈을 요구할 것이다. 그렇지만 이 대학생이 욕심이 비교적 적어서, 인생 20년이 자고 나면 사라지는 대가로 그 시간을 200억 원에 덥석 팔았다고 해보자. 그럼 이 대학생이 팔아치운 시간을 시간 단위로 환산했을 때 1년은 10억이며 한 달은 대략 8,300만 원가량이며 하루는 얼추 280만 원의 가치가 있는 것이다.

이 대학생은 사고실험에서 자신의 20년 시간을 200억 원에 팔겠다고 했다. 그런데 현실에서는 그 시간을 쓰레기처럼 낭비하고 있으니 우울하고 자괴감에 빠지고 기분이 비참해지는 것은 어찌 보면 당연한 일 아닌가? 이 대학생이 일주일만 게으르고 나태하게 시간을 낭비하면 2,000만 원을 카지노에 가서 탕진한 것과 동일한 심리적 효과가 생기게 된다. 아직 돈도 안 버는 대학생이 매주 2,000만 원씩 꼬박꼬박 날리고도 우울하지 않다면 그게 더 이상한 일이다. 이 대학생은 자신의 한 달 인생의 가치를 8,300만 원으로 스스로 평가했다. 우리 대부분은 길 가다가 10만 원만 잃어버려도 종일 기분이 상한다. 그러나 하루를, 일주일을, 한 달을 태만하게 보내며 주어진 시간을 낭비하고서 기분이 불안하고 우울해지는 지극히 당연한 심리현상에 대해서는 그 이유를 깨닫지 못한다.

누구나 알고 있는 '시간이 곧 돈이다', 이런 이야기가 아니다. 내 시간을 10년 단위로 떼어내어 팔 수 있다면 얼마에 팔 것인지 사고실험을 해보면 내 하루에 스스로 부여하고 있는 심리적 가치를 알 수 있다는 이야기다. 젊은 사람일수록 미래에 대해 꿈과 희망도 크기 때문에 스스로 생각하는 하루의 가치는 더 크다. 그러므로 특히 청년이 매일 허무하게 시간을 낭비하고 있다면 우울하고 불안해지는 것이 지극히 정상이다. 그날 해야 할 공부와 일과 심신의 단련을 다 마치고 나서 쉬어야 잠깐을 쉬어도 마음이 편한 이유는 그 때문이다.

내 정상적 사지육신과 오감의 가치, 가족의 가치, 직업의 가치 같은 것 또한 이런 식으로 그 가치를 돈으로 환산해보는 사고실험을 통해 다른 관점으로 바라볼 수 있다. 사고실험을 통해 관점을 달리해보면, 우리는 애초에 돈으로 가치 환산조차 불가능한 소중한 자원을 많이 가지고 있음을 깨닫는다. 내게 주어진 자원들이 다른 관점에서 보면 어느 정도의 가치를 지녔는지 사고실험을 통해 되돌아보고, 내가 처한 역경 또한 다른 관점으로는 어느 정도의 정신적 피해에 해당하는지 좀 더 객관적으로 바라볼 수 있다면, 내게 있는 자원을 소중히 여기고 감사할 수 있다. 또한 뜻밖의 역경에 처했을 때 정신적 괴로움에서 좀 더 빠르게 벗어날 수 있다.

기분을 보살피는 것은 삶의 목표가 아니다

인간으로서 강해지려면 좋은 기분이나 감정 자체를 삶의 목표로 삼아서는 안 된다고 깨닫는 것도 중요하다.

경험이 부족하던 레지던트 시절과 전문의를 갓 취득한 시절에 나는 환자가 우울한지 우울하지 않은지, 그러한 표면적인 증상과 기분에만 상담의 초점을 두곤 하였다. 실제로 정신의학 교과서의 우울장애 진단 기준은 주로 기분 관련 증상들에 대한 체계적 정의와 기술로 이루어져 있다. 물론 특정한 병에 대해 과학적으로 연구하고 치료법을 개발하기 위해서는 조작적 정의를 통한 공통된 진단 기준이 반드시 필요하다. 그러나 실제로 삶의 현실을 살아가는 환자 개개인을 상담하고 치료할 때는 증상 자체와 환자의 기분 변화에만 집중하는 것으로는 충분하지 않다.

좀 더 경험이 생긴 지금은, 기분 자체는 오히려 덜 중요할 수 있고 기분이 안 좋을 때도 해야 할 일을 포기하지 않고 제대로 하게 되었는지가 호전 여부 판단에 더 중요하다고 환자들에게 이야기하곤 한다. 해야 할 일을 못하고 있는데도 기분만 편안하고 좋으면 그것은 오히려 비정상이며 그런 기분은 결코 바람직하지 않으며 오래 유지될 수도 없다고 이야기한다.

내 감정을 삶의 중심에 두며 잘 보살피고 감정일기 쓰기를 해보란 조언이 요즘 유행하는데, 자기 기분을 마치 연약한 식물처럼 소중히 가꾸고 보호하라는 이런 조언은 일견 그럴듯해 보이지만, 외부 자극에 쉽게 휘둘리는 나약한 사람들에게는 오히려 해로울 수 있다. 감정은 천변만화 시시각각 변화하는 것이므로 좋은 기분이든 나쁜 기분이든 그것에 너무 사로잡히지 않도록 오히려 극복과 경계의 대상이 되어야 하는 것이지, 외적인 요소에 의해 계속 변화하는 기분 그 자체를 에너지를 쏟아 보살필 삶의 목표로 삼아서는 안 된다.

신약성경의 『누가복음』에 "너희의 인내로 너희 영혼을 얻으리라"라는 구절이 있다. 묵상집 『주님은 나의 최고봉』에서 저자 오스왈드 챔버스는 이 구절에 대한 묵상 제목을 "기분에 굴복하지 마십시오!"라고 붙이고 다음과 같이 해설한다.

"우리가 기도할 필요가 없는 것들이 있습니다. 예를 들어 기분입니다. 기분이란 기도한다고 없어지는 것이 아닙니다. 발로 차버려야 떠납니다. 기분은 언제나 물리적인 조건과 깊은 관계가 있지,

도덕적(영적, 내면적)인 것이 아닙니다. 물리적인 조건에 따라 좌우되는 기분에 말려들지 않도록 계속적인 노력을 하십시오. 결코 한순간이라도 기분에 굴복하지 마십시오."

이 해설은 기분이란 것이 인간에게 있어 과연 무엇인지 그 정곡을 찌르고 있다. 공자나 에픽테토스가 말하는 '자기 극복'과도 일맥상통한다.

항상 변화하는 변덕스러운 기분에 사로잡혀 굴복하지 않도록 경계하고, 언제 어느 때, 그 어떤 최악의 기분일지라도 지금 해야 할 일을 묵묵히 해나가는 것이 기분과 연관된 목표가 되어야 한다. 내 소중한 감정 보살피기니, 감정일기 쓰기니 하는 것들은 내 의지와 무관히 시시각각 좋아지고 나빠지는 것이 당연한, 원래 변덕 그 자체가 본질인 기분에 집착하게 하여 나의 정신력을 나약하게 만들 위험이 있음을 알아야 한다.

추구하는 목표가 안정되고 좋은 기분이 되어버리면, 외부 상황에 따라 필연적으로 변동할 수밖에 없는 기분으로 인해 걸핏하면 실망감을 맛보게 된다. 기분이 한동안 안정되고 좋아서 뭔가 내적으로 발전한 것 같은 흐뭇한 느낌이 들었는데, 누군가가 내 좋던 기분을 나쁘게 만들면 애써 발전한 것이 도로 아미타불이 된 것 같아 화가 폭발한다. 기분이 좋은지 나쁜지에 휘둘려 맡은 일에 툭하면 지장이 생기는 사람은 나약한 사람이다. 어떤 감정 상태에서도 내색 없이 자기 할 일을 다 해내는 사람이 강한 인간이다.

다시 말하지만, 정신력을 단련하기 위해서는 안정되고 좋은 기분 자체를 목표로 삼아서는 안 된다. 감정은 날씨처럼 쉬지 않고 변화하는 것이며 목표가 아닌 극복과 경계의 대상임을 항상 되새겨야 한다.

부러움의 극복

다른 사람에 대한 부러움에 자꾸 사로잡히는 것에는 어떻게 대처해야 할까? 당신도 주위 사람들의 이런저런 면이 부러울 때가 있을 것이다. 상대의 모든 면이 다 부럽지는 않더라도 그 사람이 가진 어떤 면은 부러워서 자꾸만 신경이 쓰인다. 남을 부러워하는 마음에 자꾸 사로잡히면 해야 할 일에 집중하는 것에 방해가 된다. 자랑을 자꾸 해대는 사람이 주위에 있으면 나도 모르게 영향을 받아 쉽게 짜증이 올라오고 마음이 산란해진다.

남에 대한 부러움 또한 사고실험을 통해 객관화할 수 있다. 영화나 소설에서 등장인물들의 영혼이 뒤바뀌는 설정이 흔히 등장한다. 내가 부러워하는 사람과 나의 의식이 초자연적 힘에 의해 영화에서처럼 바뀔 수 있다고 가정해보자. 기억이 남은 채 의식만 바뀔 수도 있고, 원래의 기억은 모두 사라진 채 뒤바뀔 수도 있다고 해보자. 버튼 하나만 누르면 그 사람과 나는 영원히 뒤바뀌는 것이다. 그 버튼을 정말로 누를지 생각해보면 대부분의 독자는 자신이 그리하지 않으리란 것을 알게 된다. 내가 부러워하는 누군가와 영혼을 바꾸어 그 사람의 인생을 대신 살아가기를 원할 사람은 많지 않다. 가족, 대인관계, 성격, 외모, 돈, 학벌, 힘들어도 책임감 있게 살아온 내 인생, 부럽거나 부럽지 않은 그 모든 면모는 다 함께 가는 것이며 좋은 부분만 골라 선택할 수는 없다. 부러워하는 상대와 영혼을 바꾸지는 않을 것임을 깨닫는 순간, 부러움으로 인한 고통은 가라앉는다.

　내게 없는 것을 가진 남을 부러워하는 마음은 인간적인 본능이다. 비교가 마음을 지옥으로 빠트린다는 가르침은 틀림없는 진리지만, 비교하여 부러움을 느끼는 본능이 인간에게 없었다면 애초에 문명의 발전도 없었을 것이다. 개인, 사회, 국가가 수시로 나와 남을 비교하고 뒤쳐진 부분을 따라잡으려고 애썼기에 인류문명이 지금처럼 발전할 수 있었다. 비교의 마음 그 자체가 잘못된 것이라 치부하고 그런 생각을 아예 없애라는 것은 옳지 못하다. 자연스러운 인간본능을 억지로 없애는 것은 불가능하기도 하다. 비교의 마음 또한 상황에 따라 자연스럽게 발생하는 심리현상임을 받아들이고, 이를 자신의 발전을 위한 에너지로 전환할 길을 찾아야 한다.

　'상대와 영혼을 바꿀 것인지' 생각해보는 방법 외에도 부러움 때문에 마음이 괴로울 때 당신이 무의식중에 이미 사용해봤을 방법이 있다. 부러움을 불러일으키는 그 무언가를 얻기 위해 내가 가진 다른 자원을 얼마나 지불할 용의가 있는지, 즉 부러움의 '교환가치'를 생각하는 것이다.

남이 5,000만 원 주고 산 비싼 시계가 부럽다면 그 가격에 나도 구매할 용의가 있는지 생각해보는 것이다. 터무니없는 가격이라 생각하면 부러운 마음이 줄어든다. 많은 독자가 부러움을 느낄 때 이미 직관적으로 그런 대처법을 쓰고 있을 것이다.

'별것도 아닌 게 오지게도 비싸네. 나 같으면 아무리 돈 많아도 저 돈 주고 저거 안 사!'

남이 부유함이나 권력을 과시하는 것이 부러우면 그 사람이 부유함이나 권력을 얻기 위한 대가로 오랜 세월, 그리고 지금도 치르고 있는 위험, 수모, 고생을 똑같이 감당할 용의가 있는지 다시 한번 생각해본다. 그러한 교환을 진정 원한다면 그에 따른 대가를 나도 똑같이 감당할 각오로 덤벼보라. 감수해야 할 대가가 너무 크고 내 능력이나 성향에 맞지 않아 진지하게 도전할 마음이 없음을 알게 되면, 그동안 나를 괴롭히던 부러움이 많이 사그라질 것이다.

에픽테토스 또한 부러움을 극복하기 위해 '교환가치'를 적용하는 것에 대해 설명하였다. 누군가가 양상추를 돈 내고 산 것을 보고 양상추가 없는 사람이 부러워하지는 않는데, 이는 그 양상추는 공짜로 얻은 것이 아니라 돈을 내고 교환한 것이란 사실을 알기 때문이다. 에픽테토스에 따르면, 권력자가 주최한 성대한 연회에 몹시 가고 싶었음에도 초대를 못 받아 느끼는 속상함과 초대받은 자에 대한 부러움도 남이 돈 내고 산 양상추와 동일한 관점으로 바라보라는 것이다. 초대받은 사람이 연회를 주최한 권력자에게 오랫동안 마음에도 없는 아부를 하고 그 권력자의 오만한 문지기들의 비위까지 굽실굽실 맞춰온 것이 초대를 위해 지불한 대가임을 깨닫는 순간 부럽던 마음이 눈 녹듯 사그라진다는 것이다. 아마도 이미 많은 독자가 무의식적으로 사용하고 있던 방법이겠지만 이렇게 철학자의 가르침을 통해 다시 한번 찬찬히 살펴본다면 좀 더 여러 상황에 이 '교환가치'를 적용해 부러움으로 인한 정신적 고통을 다스릴 수 있을 것이다.

상대가 내 마음을 몰라줄 때

인간관계에서 내가 상대방보다 더 사랑하고 집착하는 것이 괴롭고 억울하다, 그런 못난 마음을 먹지 않으려고 해도 잘 안 되고, 도무지 이 괴로움을 어떻게 해야 할지 모르겠다는 호소를 종종 듣는다. 내가 누군가를 많이 좋아한다고 해서 그 사람에게도 나를 똑같이 좋아해 줘야 할 의무가 없다는 정도는 나도 알지만, 아무리 자제하려고 해도 마음이 자꾸 괴로워진다.

청마 유치환 시인의 시 「행복」에 다음과 같은 유명한 구절이 있다.

사랑하는 것은 사랑을 받느니보다 행복하나니라.

오늘도 나는 너에게 편지를 쓰나니

그리운 이여, 그러면 안녕!

설령 이것이 이 세상 마지막 인사가 될지라도

사랑하였으므로 나는 진정 행복하였네라.

유치환 시인의 이영도 시인에 대한 이룰 수 없는 사랑을 담은 시라고 한다. 누구나 알고 있듯이 보답이 없는 사랑은 행복이 아닌 크나큰 고통이다. 그 가슴 저린 고통을 행복이라는 역설적 이름으로 노래하는 시인의 마음이 우리에게 감동을 준다.

먼저 이런 상황에서 마음이 괴로운 것은 당연한 심리현상임을 받아들여야 한다. 내가 누구를 많이 좋아하는데 상대방은 나를 대수롭지 않게 여긴다, 이 상황에서 어떻게 마음이 즐거울 수 있겠는가? 괴로운 것이 지극히 정상이다. 괴로움이 정상적 심리현상임을 받아들일 수 있다면, 그다음에는 그 괴로움으로 인하여 상대방에게 부적절하고 이상한 행동을 하지 않도록 견뎌내는 과제가 남아 있다. 내 마음을 몰라주거나 알더라도 여러 사정으로 인하여 응답하지 않는 상대방에 대해, 서운하고 괴롭더라도 이를 표시내지 않고 인간적 품위를 지켜야 한다. 상대방에게 내가 가진 사랑을 보답 받을 수는 없어도 자제력과 품위를 가진 인간이라는 존경은 받을 수 있다. 유치환 시인의 「행복」을 읽을 때마다 우리가 감동을 느끼는 것은 보답 없는 사랑을 대하는 기품 있는 태도가 어떤 것인지 이 시를 통해 느낄 수 있기 때문이다.

내가 좋아하는 사람이 나를 좋아하지 않거나, 인생의 우여곡절과 생로병사의 운명으로 인해 좋은 관계이던 사람과 부득이하게 헤어지더라도, 인간관계란 원래 내 마음대로 되지 않는 것이 당연한 삶의 이치임을 받아들여야 한다. 집착하지 않는 것이 인간 사이의 성숙하고 건강한 관계다.

만약 내가 상대방을 더 좋아하고 더 배려하고 더 관심을 갈구하는 것이 억울하고 그런 내 감정을 도저히 받아들일 수 없다면, 그것은 상대방의 문제가 아닌 내 문제이고 나의 미성숙함이다. 그 사람이 자신을 좋아해달라고 나한테 강요를 한 것은 아니잖은가?

예측 불가능한 변덕스러운 날씨를 우리가 당연한 자연현상으로 받아들이듯, 다른 사람의 마음이 내 기대와 달라 생겨나는 괴로움도 자연스러운 심리현상으로 의연히 받아들여 견뎌야 한다. 감정 교류에서 조금도 손해를 보면 안 되고, 누군가를 좋아하면 반드시 그에 상응하는 감정을 상대로부터 돌려받아야 만족하겠다면 이는 어린아이 같은 나약한 마음이다. 그러한 마음에 자꾸 사로잡힌다면 정신적 단련이 더 필요하다는 뜻이다. 나약한 마음이 극한으로 치달을 때 인간은 추악한 스토커로 전락한다. 우리는 좋아하는 상대로부터 사랑은 받지 못해도 존경은 받을 수 있다. 설혹 존경조차 못 받더라도 내면의 나약함에 먹혀버린 괴물이 되어 상대로부터 경멸과 혐오를 받아서는 안 될 일이다. 그것이야말로 인간으로서 상상할 수 있는 최악의 모습인 것이다.

개성과 창의성을 논하기 전에

나만의 개성과 창의성을 찾는 삶은 독립과 책임을 감당할 수 있는 기본 실력을 갖춘 이후에나 가능하다는 현실을 깨달아야 한다.

"천편일률적인 조직생활은 안 할 생각이에요. 저는 자유로운 영혼이라서 기계적인 일은 못해요. 남들이 다 그렇게 산다고 해서 왜 나까지 똑같이 재미없게 따분한 인생을 살아야 돼요?"

"남들처럼 꼭 살아야 되나요? 결혼도 안 할 거고 나 혼자 살 건데 도대체 뭘 그렇게 열심히 살아야 되는 거죠? 그냥 편하고 재미있게 좋아하는 것 하다가 돈 떨어지면 잠깐씩 일하고 다시 또 한동안 편하게 살고, 그렇게 영혼의 자유를 찾아서 사는 것도 내 삶의 개성 아닌가요?"

  나는 환자들로부터 이런 이야기를 종종 듣는다. 세상에 통할 어떤 실력도, 제대로 된 사회적 역할도 없고, 부모로부터의 독립도 성취 못한 청년들이 개성적 인생살이를 찾겠다고 한다. 힘들고 기계적인 일은 아무런 창의적 가치가 없다며 거부하고 실력을 갖추기 위한 노력도 지겨워서 싫다 한다. 세상에 통할 능력부터 갖추고 삶의 기본적인 틀을 먼저 세우라는 올바른 조언을 하는 인생의 선배들을 꼰대라고 부르며 조롱한다. 윗세대를 그렇게 우습게 아는 본인은 막상 사회에서 제대로 할 줄 아는 일이 하나도 없다. 어찌된 일인지 그런 본인의 무능함을 부끄러워하지도 않는다.

  개성이나 창의성을 논하기 전에 삶의 독립과 책임을 감당하기 위한 기본적 능력과 인내심부터 갖춰야 한다. 그것은 한 인간으로서의 기본이다. 어떤 분야든 창의성을 발휘하려면 사회적으로 통용될 수 있는 수준까지 전문지식과 기술을 익혀야 한다. 고통스럽고 지루하더라도 지식과 기술을 익히고 끊임없이 훈련해서 세상에 당당히 통하는 최소한의 틀을 갖추고 난 연후에 나만의 개성을 찾을 수 있다. 오랜 세월 연마한 지식이나 기술은 인간으로서의 자신감의 기반이다. 갈고닦은 전문성은 독립에 필수적이며 주위 상황이 뜻대로 풀리지 않을 때에도 개인의 생존능력과 자부심을 유지시켜준다. 돈이나 인간관계는 내 의도와 상관없이 불시에 잃어버릴 수 있지만, 두뇌에 견고히 습득된 지식과 기술은 누가 빼앗아갈 수 없기 때문에 영속하는 자신감의 원천이 된다.

지루하고 재미도 없는 고난이도의 수학, 물리학, 건축공학을 수년간 계속 공부해서 충분한 전문가적 능력을 갖춰야만 아름다운 건축물을 설계할 수 있다. 그러한 능력이 없이 모양만 그럴듯한 건물 모양을 그리는 것은 혼자만의 상상 속에서만 '창의적이고 개성적인' 의미가 있지 현실의 건축설계에서는 아무런 쓸모가 없다.

성형외과 의사가 수술 실력이 없어서 매번 고스트 닥터를 고용하여 수술을 하고 본인이 수술한 것처럼 환자들 앞에 자신을 내세운다면, 돈을 많이 벌고 의사로서 명성을 얻고를 떠나 이 사람이 무슨 직업적, 인간적 자부심을 가질 수 있겠는가?

기본적인 식재료를 일반인이 눈이 휘둥그레질 정도로 빠른 시간에 정밀하게 다듬고 껍질을 벗기고 같은 모양으로 척척 썰고 정교하게 세공하고 볶고 튀기는 등의 전문가적 조리기술이 오랜 세월의 훈련으로 자연스레 손끝에서 나오는 사람만이 요리사로서의 창의성을 발휘할 수 있다. 야구, 농구, 축구 등의 프로스포츠 선수가 되기 위해 실력을 쌓는 과정도 동일하다. 아무 생각 없이도 전문적 기술과 동작이 자연스럽게 나오는 수준까지 연습하는 것이 개성과 창의성보다 우선이다. 끝없는 반복적 훈련을 통해 습득한 전문적 지식과 기술의 기반 위에서 인간으로서의 자부심과 독창성이 자라날 수 있다.

이러한 전문가적 지식과 기술은 거의 대부분 오랜 세월 동안의 훈련, 암기, 이론 공부를 거쳐야만 습득된다. 이 과정이 큰 인내력을 요구하며 고통스럽기에 많은 사람들이 어떤 전문가가 되기 위한 과정의 중도에서 적성에 안 맞는다는 이유로 포기한다. 괴롭고 지루한 수련이 싫은 것이 중도에 포기하는 대부분의 진짜 이유다.

반복적 훈련과 기계적 암기를 통해서 나만의 개성과 창의성을 그려낼 수 있는 탄탄한 토대가 생겨난다. 힘든 수련과정이 필요 없이 개인적 독창성만으로 가능한 일이라면 그런 일을 하는 건 진짜 전문가가 아니다. 생각나는 대로 아무 노력 없이, 숙련도도 필요 없이, 내 개성대로 마음 내키는 대로 즉흥적으로 재미나게 하면 되는 일, 그런 손쉬운 일에 무슨 전문가가 필요하겠는가?

개성이나 독창성을 인생에서 찾기에 앞서, 내가 세상에 당당히 통할 수 있는 기술이나 지식을 얼마나 갖추었는지 생각해봐야 한다. 그러한 역량이 부족하다면 개성이나 독창성 타령일랑 어디 한구석으로 치워놓고 세상에 통할 실력부터 고통을 견디며 차근차근 길러야 한다.

자신의 선택을 의연하게 받아들인다

과거에 이렇게 했다면, 저렇게 했다면, 이런 식으로 본인의 지나간 선택에 대해 계속 후회하며 되씹는 것은 마음이 우울할 때 생겨나는 흔한 심리현상이다. 이로 인해 일상에 큰 지장이 생길 정도라면 우울증 치료제를 처방받아 복용하는 것도 하나의 방법이지만, 약을 복용하는 이외에도 이런 현상에 대한 적절한 마음의 자세가 무엇일지를 생각해봐야 한다.

공대를 가지 않고 의대를 갔다면, 사기업에 입사하지 않고 공무원이 되었다면, 불운한 사고가 났던 날 그 장소에 가지 않았다면, 그 남자와 결혼했다면, 그때 그 주식을 팔지 않았다면, 그때 그 집을 팔지 않았다면……. 우리의 인생은 끊임없는 선택의 연속이기에 지난 선택의 적중 여부는 평생을 일관하는 큰 관심사다. 지나간 선택을 되새기며 괴로워하는 것은 고차원적 지능과 연관된 대단히 인간적인 특성 중 하나다. 개나 고양이에게는 지나간 선택의 옳고 그름에 대한 고민이 없다.

"집값이 많이 올라서 팔았는데 판 다음에 10억이나 더 올라서 하루 종일 부동산 사이트에 들어가서 내가 살던 아파트 가격만 봐요. 오른 가격을 보면 미쳐버릴 것 같아요. 안 팔려고 했는데 마누라가 어서 팔고 공기 좋은 동네로 이사 가서 노년을 보내자고 하도 졸라서 억지로 판 것이 너무 억울하고 화가 나요. 그래서 요즘 마누라 하는 말마다 눈엣가시처럼 신경에 거슬려서 만날 싸워요."

내 선택으로 일어난 결과는 설혹 마음에 들지 않아 괴롭더라도 의연히 받아들여야 한다. 아무리 아내가 졸라서 영향을 받았더라도, 집을 파는 것 같은 어떤 중요한 선택에는 나의 고민과 결정 또한 크게 작용했음을 인정해야 한다. 사실 누구나 그 정도는 알고 있다. 내 선택이 결과적으로 틀린 것에 대한 괴로움을 고스란히 내 책임으로 받아들이기가 어려울 뿐이다. 사람의 마음은 그럴 때 자꾸만 남 탓을 하고 싶어진다.

인간은 미래를 내다볼 수 없기 때문에 필연적으로 선택 당시의 의도와 전혀 다른 결과가 발생한다. 집값이 곧 폭등할 것이라는 미래를 모두 알면 아무도 집을 팔지 않아 주택 거래 자체가 이루어지지 않을 것이다. 거래가 전혀 이루어지지 않으니 집값에도 변동이 없을 것이다. 마찬가지로 주식매매 시장도 성립하지 않을 것이다. 당일 외출하여 사람을 만나고, 운전해서 출근하고, 직장에서 일하는 동안, 교통사고나 자연재해로 다치거나 죽거나 여러 불쾌한 경험을 하게 된다는 미래를 누구나 미리 알아 아무 일도 하지 않는다면 세상의 모든 업무가 마비될 것이다.

누구도 미래를 예측할 수 없기에 인간은 그 순간 최선이라 생각하는 선택을 하고, 그렇게 세상은 굴러간다. 인간의 삶 자체가 끊임없는 선택에 의해 앞으로 나아간다. 연속적인 선택의 일부는 필연적으로 처음 예측과 전혀 다른 부정적인 결과를 낳는다. 선택에 실패가 따라오는 것은 그 누구도 피할 수 없는 인간적 한계다. 어떤 인간도 평생 실패하지 않고 살 수는 없다. 내 선택의 부정적인 결과에 어떻게 대처하는지가 중요하다. 강하고 성숙한 인간은 선택의 결과가 마음에 들지 않을 때에도 다른 사람 탓을 하지 않는다. 결과가 고통스럽더라도 그에 따르는 정신적 고통을 의연히 받아들인다. 마음이 나약한 사람은 선택의 결과를 인정하지 못하고 남 탓을 하며 계속 성질을 부려 자신의 선택이 불러온 고통을 점점 더 크게 부풀린다. 그리하여 주위 사람까지 자신이 만들어낸 마음의 지옥으로 끌어들이고 만다.

우리는 모두 강인한 인간이 되고 싶은 소망을 품고 살아간다. 내 선택이 원치 않은 결과를 낳았을 때도 용기와 품위를 가지고 그 결과를 받아들여야 한다. 남 탓을 하고 싶은 비굴한 유혹에 굴복해서는 안 된다. 삶은 연속적인 선택이기에 선택의 원치 않은 결과가 필연적으로 우리를 찾아온다. 선택의 즐거운 결과만이 아닌 고통스러운 결과 또한 삶의 당연한 일부로 받아들여야 한다. 최소한 받아들이기 위해 노력해야 한다. 그래야 과거의 잘못된 선택에 사로잡혀 점점 더 불행한 선택으로 끌려들어가는 악순환에서 벗어날 수 있다.

휴식은 삶의 목표가 아니다

휴식은 해야 할 일을 마친 후에만 취하는 것도 정신력을 단련하는

데 도움이 된다. 휴식은 재충전을 위한 것일 뿐 휴식 그 자체가 삶의 목표가 되어서는 안 된다.

　자신과 약속한 하루의 일과를 다 마쳤을 때 취하는 휴식만이 사람을 나태하게 만들지 않는다. 그날 꼭 해야 할 일들은 일찍 일어나 오전이나 늦어도 일몰 전에 다 끝내놓고 휴식을 취해야 잠깐을 쉬어도 마음이 편안하다. 할 일을 잔뜩 쌓아놓고 아침부터 늦잠을 자며 퍼져 있는 것은 나태함일 뿐 올바른 휴식이 아니다. 삶의 짐을 다시 힘차게 짊어지고 나아가기 위해 에너지를 재충전하는 행위에만 휴식이란 이름을 붙일 수 있기 때문이다. 휴식 자체가 목적이 되면 휴식이 주는 편안함도 금세 사라지고 끝 모를 불안감과 끈적끈적한 나태함이 정신을 점령한다.

　인생의 목표가 악착같이 돈 아끼고 모아서 조기 은퇴해 싫은 일은 안 하고 평생 유유자적 지내는 것이란 사람들이 요즘 종종 언론에 보도된다. 영원한 휴식 그 자체가 인생의 목표인 이런 사람들을 '파이어족(Financial Independence Retire Early의 앞 글자를 딴 FIRE)'이라 부르기도 하는 모양이다. 포털 사이트에서 '조기은퇴', '파이어족'을 검색하면 관련 글과 책이 많이 나온다. 미국에서는 40대 이전 은퇴, 군복무나 오랜 교육 등 여러 이유로 경제활동 개시연령이 더 늦은 한국에서는 50대 이전 은퇴를 파이어족이라 부른다는 이야기도 있다.

　물론 평생 힘들게 돈만 벌다가 허무히 돌연사하는 삶을 꿈꾸는 사람은 없겠으나, 어느 시점까지는 악착같이 돈을 모으고 일정 액수의 돈만 모이면 최대한 빨리 조기 은퇴하여 하고 싶은 일만 하고 살면 행복하리란 것은 대단히 큰 착각이다. 삶은 그런 것이 아니다. 돈을 버는 것만이 인생의 유일한 짐인 것도 아니다. 삶의 고통은 돈이 얼마나 있는지와 무관히 연속적으로 이어지는 것이다. 경제적으로 본인이 만족하는 일정 기준의 돈을 모았다 해도, 그것은 죽는 날까지 인생의 짐을 짊어지고 나아가는 고통 중 일부분만 감면시켜줄 뿐이다.

남보다 젊은 나이에 충분히 많은 돈을 모아 은퇴한다는 파이어족들의 야심찬 목표가 뜻대로 이루어질 가능성이 높지 않다는 것은 둘째 치고, 돈만 많이 생기면 그 순간부터 힘든 일은 더 이상 안 하고 죽을 때까지 편하게 살겠다는 식의 생각을 존중받을 만한 인생관이라 보기도 어렵다. 돈을 모으기 위해 살아가는 힘든 노동의 시기와 그 순간부터는 하고 싶은 일만 하고 사는 조기 은퇴 후의 행복한 시기로 인생을 분절한다는 것은 어린 아이 같은 생각에 불과하다. 어떤 사람이 큰 기대를 걸고 매주 열심히 로또를 사면서 이 로또만 당첨되면 지금까지의 삶을 청산하고 행복한 인생을 살겠다는 생각을 아주 진지하게 하는 것과 비슷하다.

'쉴 휴休'란 한자가 있다. 사람[人]이 나무[木]그늘에 등을 기대어 쉬고 있는 모습에서 나온 글자다. '쉴 휴'는 휴식, 휴가 등 일을 잠시 쉬는 경우에도 쓰이고 휴간, 휴화산 등 연속되던 어떤 활동과 움직임이 잠시 멈추어 있는 현상에도 쓰인다.

이처럼 휴식이란 말은 연속적으로 이어지는 활동이 잠깐 멈춘 상태를 의미한다. 활동이 아직 끝나지 않은 상황에서 잠시 쉬며 에너지를 회복하는 것은 휴식이라 부르지만, 활동이 완전히 종료된 상황은 휴식이라 부르지 않는다. 잡지나 신문이 더 이상 발간되지 않는다면 '휴간'이 아니고 '폐간'이며 화산이 더 이상 분출할 가능성이 없다면 '휴화산'이 아닌 '죽을 사死'를 써서 '사화산'이라 부른다.

나무그늘에 기대어 쉬는 것이 편한 것은 햇볕 아래에서 긴 시간 땀을 흘린 직후뿐이다. 그늘에서 쉬는 것은 뙤약볕 아래로 다시 나가 땀을 흘리기 위한 재충전일 때만 휴식으로서 기능한다. 다시 힘든 일을 할 생각이 전혀 없으면서 나무그늘에 계속 기대어 있으면, 기대어 있는 것이 더 이상 편하지 않고 점점 등이 배겨서 드러눕고 싶어진다. 보는 눈이 없는 것을 확인하고 누우려 했더니 맨바닥이 불편해 간이 침대라도 있었으면, 자꾸 무언가 더 편한 상태를 바라게 된다. 그렇게 오래 쉬던 중에, 뙤약볕에 땀 흘리던 누군가가 나무그늘로 다가오면 괜스레 마음이 불편해져, "난 너무 오래 일해서 당분간 쉬어야 해" 혹은 "다리가 아파서 잠깐 쉬는 거야" 등 아무도 묻지 않은 변명을 하게 된다. 변명을 하고 나면 그동안 일하던 짬짬이 마음 편하게 지친 몸을 쉬었던 나무그늘이 불편하게만 느껴진다. 일하는 사람들이 잠깐씩 쉬러 오는 눈치 보이는 곳이 아니라 항상 쉬는 사람들만 있는 나무그늘이나 나 혼자 독차지할 수 있는 나무그늘을 찾아 떠나게 된다. 항상 쉬는 자들만 있는 나무그늘로 갔더니 그곳에서는 일을 안 하고 계속 편하게 쉬는 것만이 목표인 인간들끼리 더 짙고 넓은 그늘을 자신이 차지하겠다며 아귀다툼을 벌이고 있다. 그게 싫어 혼자 독차지할 수 있는 아름드리나무그늘을 찾았더니 그곳에서는 또 누울 수 있는 평상을 하나 설치해놓고는 감당할 수 없는 비싼 자릿세를 내라고 한다.

너무 오랜 휴식은 일을 마친 후의 진짜 휴식보다는 오히려 죽음과 더 흡사하다. 옛 사람들은 항상 죽음을 기나긴 휴식에 비유해왔다. '바로 이곳에 묘지의 주인이 영원히 쉬고 있다'라는 글귀가 새겨진 묘비는 고대 그리스로마 시대로부터 수없이 제작되어왔다.

인생은 내게 주어진 짐을 짊어진 채 죽음의 순간까지 책임감을 가지고 앞으로 나아가는 과정이다. 지금보다 더 무거운 짐을 짊어지고 버틸 수 있도록 단련하여, 주위 사람들이 인생의 무게로 힘들어할 때 내 힘을 보태어 주위를 돌보며 함께 나아갈 수 있는 강하고 너그러운 인간이 되는 것이 삶의 올바른 목표다. 죽을 때까지 나 혼자 짐을 내려놓고 편하게 쉬는 것이 어찌 인생의 목표가 될 수 있겠는가!

일본과 미국에서 프로야구선수로 오랫동안 활약한 스즈키 이치로의 삶과 비교한다면 파이어족의 인생관이 얼마나 미성숙한 것인지를 대번에 느낄 수 있다.

이치로는 1992년 19세의 나이로 일본프로야구 무대에 데뷔하였고,

28세에 미국 메이저리그로 건너가 2019년에 46세로 프로야구선수 생활을 은퇴하였다. 선수생활 내내 금욕적인 자기관리를 하였기에 이치로는 그렇게 오랜 세월 세계 최고의 프로야구선수들이 겨루는 메이저리그에서 선수로서의 경쟁력을 유지할 수 있었다.

이치로는 20대 중후반에 일본에서 불세출의 대스타가 되었기 때문에, 보통사람 수천 명을 합쳐도 평생 벌기 힘든 돈을 그때 이미 거머쥐었다. 파이어족의 인생관으로는 이렇게 젊은 나이에 큰 부자가 되었다면 빨리 은퇴하여 안락하게 사는 것이 제일 현명한 선택이다. 그런데 이치로는 천문학적 거액을 지닌 부자가 되고서도 몸이 더 이상 허락하지 않을 때까지 십수 년이나 더 금욕적인 자기관리를 하며 경기력을 유지하느라 편하게 쉬지 못하고 인생을 낭비하였으니 파이어족이 볼 때 이 얼마나 어리석은 짓인가? 거액의 장기계약을 맺은 후, 자기관리를 안 해 급격히 체중이 증가하고 기량이 퇴보하여 소속팀의 애물단지로 전락하는, 소위 '먹튀(돈만 먹고 튀는)'로 불리는 무책임한 프로선수들도 많다. 조기은퇴 후 편하고 유유자적하게 사는 인생이 최고의 목표인 파이어족의 인생관으로 보자면 이런 '먹튀'들이야말로 오히려 가장 현명하게 살아가는, 우리에게 인생의 귀감을 제공하는 멋진 사람들인 셈이다. 이런 인생관이 인간에게 그 어떤 건전한 영향을 줄 수 있겠는가?

휴식은 그 자체가 목표가 아닌, 삶의 짐을 다시 짊어지고 나아가기 위한 재충전임을 명심해야 한다. 휴식 자체가 목표가 되면 인간의 마음은 필연적으로 나약해지며 속이 콩알처럼 좁아진다. 최대한 빨리 돈을 벌어 조기 은퇴해서 영원히 휴식하며 안락하게 살겠다는 목표를 방해하는 모든 외부적 요소에 대해, 목표지점까지 촉박하게 가야만 하는 운전자가 진로를 가로막는 앞차에 미친 듯이 경적을 울리고 짜증내듯 자꾸만 조급증과 피해의식과 분노에 사로잡힌다. 원래 넓지도 못했던 마음그릇이 점점 더, 좁쌀보다도 작아져 이기적이고 추악한 행동만 일삼게 된다. 이런 사람이 되는 것이 인생의 궁극적 목표인가?

강한 정신을 가지기 위해 노력하는 이유

"강해지라고요? 정신력이 강해지면 뭐해요, 그래봤자 저는 주위에 알아줄 사람이 한 명도 없어요. 훌륭해졌다고 자랑할 사람도 없어요. 부모에게 의지하지 말고 나가서 돈 벌어라, 시간을 아껴가며 열심히 살아라, 매일 새벽에 일어나서 운동하고 공부해라, 왜 그런 걸 남들한테 억지로 강요하세요?"

나태하고 의존적이며 이기적인 삶의 방식을 개선해보자고 하면 이렇게 나오는 환자들도 있다. 인간으로서 강해져보자는 조언을 남으로부터 인정을 받거나 과시하기 위해 강해지라는 이야기로 잘못 받아들이는 것이다.

강한 정신을 가지기 위해 노력하는 것은 나보다 못난 사람들에게 우월감을 느끼기 위함이 아니다. 남에게 인정받기 위해서도 아니다. 인간으로서 정말 강한 사람은 남에게 굳이 인정받으려 하지도 않거니와 약한 사람에 대한 정신적 위압을 통해 쾌감을 느끼려 하지도 않는다. 그런 유치한 쾌감은 나보다 힘세고 강한 사람을 만나는 순간 바로 산산조각이 나기에 아무 의미도 없다. 고통을 견디며 강해지려는 이유가 고작 그런 과시욕 때문일 리 있겠는가? 강해져야만 하는 이유는 그래야만 내게 주어진 인생의 짐을 굳세게 짊어지고 주위 사람들이 비틀거릴 때 도우며 함께 나아갈 수 있기 때문이다.

아니, 대관절 내가 왜 남을 도와줘야 하냐고? 물론 내키지 않는다면 도와주지 않아도 좋다. 하지만 이것만은 명심해야 한다. 내가 나약하고 나태해서 내 몫의 인생의 짐을 스스로 떠맡지 않으면 그 짐은 반드시 누군가가 대신 짊어지게 된다. 내가 나약한 상태에 안주하고 있으면 내 몸뚱이는 편할지 몰라도 내 짐을 대신 짊어지는 주위 사람들은 내가 편한 만큼 더 고통스럽다는 것을 알아야 한다. 힘들어하는 주위 사람들을 도와주지는 못하더라도 내 몫의 짐까지 그들에게 떠맡기지는 말아야 하지 않겠는가? 인간으로서 최소한의 자부심은 가지고 살아야 하지 않겠는가?

독립하고 책임을 감당하고 본능을 거슬러가며 정신을 단련하는 삶은 편하지 않다. 고통스러울 때가 오히려 많다. 남에게 책임을 떠넘기고 나태하게 의존적으로 살아가는 정신적 노예의 삶은 훨씬 편하다. 한심하고 못난 생활로 인해 당연히 생겨나는 불안과 우울은 24시간 연결되어 있는 인터넷, 자극적인 음식과 술 등으로 얼마든지 마취시킬 수 있다. 이렇게 재미있고 편한 생활을 버리고 삶이 부여하는 고통스러운 책임을 받아들이라는 조언에 불쾌해하고 심지어 격분하여 행패를 부리는 것도 어찌 보면 당연한 일이긴 하다. 마약을 빼앗아가면 자살할 거라고 고함치는 마약중독자를 떠올려보라. 올바른 조언에 부적절할 정도로 화를 내며 반발한다는 것은 그 정신이 마약에 중독된 폐인 수준으로 황폐화되었다는 뜻이다. 그것을 뼈저리게 깨닫고 뉘우쳐야 나약함과 나태함의 늪에서 탈출할 희망이 생긴다.

정신을 강하게 단련하려는 노력을 시작했어도, 조금만 방심하면 부정적 기분에 사로잡힌다. 열심히 감당하고 있던 것들이 한순간에 의미 없게 느껴져 모조리 팽개치고 영원히 주저앉고 싶어진다. 내 짐만 무거운 것 같고 나만 피해자인 것 같고 오로지 나만 손해를 보고 있는 것 같다. 우울증 상태에 있거나 심각한 스트레스 사건이 있으면 이런 기분에 더욱 쉽게 사로잡힌다. 과거에도 불행했고, 지금 이 순간도 불행하고, 미래에도 영원히 다시는 행복하기 어려울 것 같다는, 이런 비참한 기분은 사람을 절망에 빠트린다. 이 상태에 강하게 사로잡혀 있을 때 뜻하지 않은 자극을 받으면 홧김에 자살하기도 한다. 모든 것을 포기하고 싶은 이런 충동적 기분에 자꾸만 사로잡힐 때 우리는 어떻게 대처해야 할까?

앞에서도 말했듯 기분은 결코 우리 의지대로 되지 않는다. 인간은 부정적인 기분일 때 잘못된 말과 행동이 나가지 않도록 자제력을 발휘하여 견뎌낼 수 있을 뿐, 기분 자체를 의지적으로 변화시킬 수는 없다. 여름에 덥고 겨울에 추운 자연현상을 인간이 의지적으로 바꿀 수 없는 것과 같다. 인간이 의지대로 기분을 조절할 수 있다면 우울증이란 말은 애초에 존재하지 않았을 것이다. 날씨처럼 천변만화하며 외부적이고 물리적인 요인의 영향을 매우 강하게 받는 것이 기분의 본질이다. 다시 말하지만 기분은 결코 인간이 추구해야 할 정신적 목표가 될 수 없다.

그렇더라도, 아무리 힘을 내어 견뎌보려고 해도 부정적인 기분이 너무 강력하면 버티기가 어렵다. 다 포기하고 내려놓고 자살하고 싶어진다. 매 순간 모든 것을 포기하고 싶어지는 이 끔찍한 고통을 어떻게 하면 견뎌낼 수 있을까? 자칫하면 삶이 끝나버릴 수도 있는 이 위기의 순간을 어떻게 하면 무사히 넘길 수 있을까?

"기분이 아무리 비참하더라도 내게는 어떻게든 완수해야 할 책임이 있다! 내게는 인간으로서 결코 저버릴 수 없는 책임이 있다!"

이 말을 마치 진언처럼 마음속에 되뇌어야 한다.

변덕스러운 감정이 제아무리 절망적인 고통을 안겨주며 나를 잔인하게 몰아붙이더라도 내게는 내려놓을 수 없는 책임이 있는 것이다. 그것이 인간이다. 고통스러운 기분은 책임을 저버릴 핑계가 될 수 없다. 어떤 비참한 기분 아래에서도 내게 주어진 삶의 책임만은 끝까지 완수해야 한다.

무책임은 자신에 대한 모욕

고대부터 현자들은 감정에 압도되어 책임을 저버리는 삶을 경계해왔다. 책임감 있는 삶에 대한 다른 많은 경구들도 있겠지만 맹자의 다음 이야기는 몇 번이고 되새겨볼 가치가 있다.

'사람은 반드시 스스로 자신을 모욕한 후에 다른 사람들이 그를 모욕한다[夫人必自侮부인필자모 然後人侮之연후인모지].'

여기서 모侮는 '모욕하다, 업신여기다, 조롱하다'라는 뜻이다. 모욕, 수모, 모멸과 같은 단어에 사용하는 한자다.

이 말은 어떤 의미일까? 자신을 모욕하지 말라니? 사람이 너무 겸손하면 곤란하다. 남들 앞에서 자신의 장점을 적극적으로 어필해야 남들도 아, 저 사람이 정말 잘난 사람이구나 생각하고 존중해준다. 설마하니 맹자가 이런 뜻으로 말한 것일까? 만에 하나라도 그럴 리는 없다. 이기적이고 옹졸한 마음을 극복하고 대장부가 되라고, 마음속에 드넓은 호연지기를 기르라고 가르친 맹자가 어찌 과시욕을 찬양했겠는가? 그 아래 문맥을 좀 더 살펴보자.

맹자는 위 구절에 이어서 말했다.

'집안은 반드시 스스로 망가뜨린 후에 다른 사람들이 그 집안을 망가뜨린다[家必自毁가필자훼 而後人毁之이후인훼지].'

'나라는 반드시 스스로 해친 뒤에야 다른 사람들이 그 나라를 해친다[國必自伐국필자벌 而後人伐之이후인벌지].'

집안이나 나라가 외부 요인 없이 스스로 무너지려면 어떤 일이 일어나야 하는가? 간단하다. 전 가족이, 전 국민이 각자에게 주어진 책임을 저버리면 반드시 무너진다. 이어지는 문맥을 볼 때, '자모自侮(자신을 스스로 모욕함)'란 구절은 무책임한 행동을 경계하는 말인 것이다.

맹자는 무책임함이 왜 '자신에 대한 모욕'이라고 말했을까? 인간은 의연하고 의로운 본성을 갈고닦아 먼저 한 사람의 훌륭한 인간으로 우뚝 서고 그 내면의 힘을 바탕으로 가정과 국가에서 주어진 책임을 다해야 한다고 맹자는 주장했다. 성선설, 대장부, 호연지기 등 맹자의 개념이 바로 그것이다. 맹자가 볼 때 인간은 선하고 의로운 본성을 소중히 키워내어 책임감 있는 삶으로써 사회에 기여해야 할 존재이다. 그래서 무책임한 행동이 자신에 대한 모욕이라 한 것이다.

무책임한 삶으로 스스로를 모욕하는 사람 주위에는 비슷한 부류의 인간들이 와글와글 꼬여들어 서로를 험담하고 배신을 일삼으며 서로의 인격을 더욱 저급하게 지옥 밑바닥까지 끌어내리기 마련이다. 개인도, 가정도, 국가도 이런 무책임 속에서는 결코 존엄함을 유지할 수 없고 필연적으로 무너진다는 것이 맹자가 하고자 하는 말인 것이다.

책임감 있는 인생을 살아야 한다는 맹자의 가르침은 로고테라피(삶에 의미를 부여하는 것에 중점을 둔 정신치료법)의 창시자인 정신의학자 빅터 프랭클의 주장과도 일맥상통한다.

빅터 프랭클의 『죽음의 수용소에서』는 아우슈비츠 수용소에 갇혀 생과 사를 넘나들던 본인의 생생한 체험이 담긴 책이다. 이 책에서 빅터 프랭클은 이렇게 말한다. 인간은 삶으로부터 질문을 받는 존재이며, 스스로의 삶에 대한 '책임'을 짊어짐으로써만 그 질문에 응답할 수 있다고. 또한 인간은 '책임'을 짊어지고 앞으로 나아가는 것으로써만 자신에게 주어진 인생의 의미를 실현할 수 있다고.

빅터 프랭클은 같은 책에서 또 말한다. 마치 같은 인생을 두 번 반복하여 사는 사람처럼 살아가라고. 지금 이 순간 당신이 하려는 무책임한 행동이 첫 번째 인생에서 잘못된 선택이었던 바로 그 행동이라 생각하라고. 비참한 감정에 압도되어 자칫 잘못된 선택을 할 것만 같을 때, 지금 당장이라도 무책임한 행동을 저지를 것만 같을 때, 빅터 프랭클의 이 조언을 꼭 떠올려보았으면 한다.

빅터 프랭클이 말한 '책임을 짊어짊으로써 삶으로부터 주어진 질문에 응답하는 사람'이 바로 맹자가 말한 '자신을 모독하지 않는 삶을 사는 사람'이다. 삶의 진리는 시대와 인종과 동서양을 초월한다.

설혹 그 어떤 고통이 따르더라도 내게 주어진 책임을 감당함으로써 내 존엄성을 지켜내야 한다. 기분이 아무리 우울하고 괴롭더라도 그것은 결코 무책임한 행동으로 나 자신을 모욕할 핑계가 될 수 없다. 이것이 맹자가 '부인필자모 연후인모지'란 구절을 통해 말하고자 한 내용이다.

강해지고 싶다면 삶이 행복한지 불행한지 따지지 말라. 불운했던 일들에 대해 누군가를 탓하지 말라. 나를 약하게 만드는 그 모든 핑계를 깡그리 부숴서 불태우라. 그리고 내게 남아있는 책임을 짊어지고 벌떡 일어나라. "내겐 아직 못다 한 책임이 있으니까!"라고 부르짖음으로써 삶의 질문에 응답하라. 그것만이 인간으로 태어난 의미를 실현할 수 있는 유일한 길이다. 모든 것을 포기하고 싶은 나약한 마음을 불살라버릴 수 있는 유일한 방법이다.

삶의 짐을 용기 있게 짊어진다는 것은 과연 무엇일까?

성인이 되었지만 여전히 부모에게 모든 것을 의지해 살면서도 어른 대접은 다 받고 귀찮은 간섭만은 일절 거부하겠다는 무책임한 사람들이 있다. 이들의 삶은 맹자가 말한 '자기 자신을 모욕하는 삶'이다. 빅터 프랭클이 말한 '삶으로부터 주어진 질문'을 외면하는 삶이기도 하다.

독립된 인간으로 당당히 홀로 서고, 받은 은혜에 감사하며 오랫동안 되갚아나가고, 주어진 인생의 책임을 묵묵히 짊어지고 앞으로 걸어가는 사람만이 삶의 의미나 행복에 대해 이야기할 자격이 있다. '자신을 모욕하는 삶'을 사는 사람에게는, '삶으로부터 주어진 질문'에 고개를 돌리고 외면하는 사람에게는, 안타깝게도 인생의 의미나 행복을 따질 자격이 아직 없다.

독립과 책임을 감당하기 위해 숨이 멈추는 그날까지 고통을 이겨내며 쉬지 않고 분발하는 것, 그것이야말로 진정 자신에 대한 존중이다. 고난을 감수하며 삶의 질문에 응답함으로써 본인의 존엄성을 증명하지 않는다면, 이런 말은 공허하고 공허할 뿐이다.

"나는 소중해! 존재 자체로 소중해!"

스스로가 그렇게 소중하다면 왜 인간으로서의 책임을 당당히 감당함으로써 본인의 존엄함을 입증하지 못하는가? 공허한 자기위안은 삶으로부터 주어진 질문에 그 어떤 응답도 할 수 없다. 그것은 자신에 대한 모욕일 뿐이다.

남을 헐뜯을 시간이 있다면

"저는 주위 사람들이 제일 문제예요. 애인이고 친구고 할 것 없이 주위에 성격이 이상한 사람들밖에 없어요. 죄다 자기중심적이라 남한 테 상처 주는 말도 함부로 하고 배려심도 없고 무책임하고 아무튼 다들 한심하고 제멋대로예요."

주위에 존경할 만한 사람은 없고 이상한 사람들만 바글거린다고 투덜거리는 사람들은 한번 진지하게 생각해봐야 한다. 왜 하필 내 주위에는 무책임하고 이기적이며 툭하면 남을 험담하고 말초적 쾌락에 몰입하는 것이 삶의 전부인 못난 사람들만 있을까?

나도 그 한심한 사람들하고 비슷한 사람이기 때문, 안타깝지만 그것이 답일 가능성이 높다. 유유상종이란 말은 언제 어느 시대에나 뼈아픈 진실이다. 미인은 미인끼리 어울리고 공부 잘하는 모범생은 모범생끼리 어울린다. 양아치와 한량과 건달은 또 자기들끼리 어울린다. 내 애인이며 친구라고 할 만한 사람들이 죄다 인격이 천박하고 본받을 점이라고는 눈을 씻고 찾아봐도 없고 정신력도 나약하기 그지없다면, 그것은 내 인격도 정신력도 그 사람들과 별반 다를 것이 없는 수준이라는 명백한 증거인 것이다. 나와 그 사람들은 지옥 밑바닥으로 드리워진 동아줄에서 서로 손이 닿는 높이에 대롱대롱 매달려 있기에 서로 만나 사귀게 되었으며, 상대를 친구라고 부르면서 실제로는 밑으로 잡아내려 자신이 위로 올라가려고 발버둥치고 있는 것이다.

남을 헐뜯고 비난할 시간이 있다면 그 시간을 소중히 아껴가며 끊임없이 심신을 단련해야 한다. 그리하여 한 인간으로서 매일 조금씩 더 강해져야 한다. 인간으로서 강해진 사람, 적어도 그렇게 되기 위해 끊임없이 노력하는 사람만이 진정 훌륭한 사람들과 동등한 수준에서 어울릴 수 있는 특권을 누린다.

　지금까지 제시한 정신 단련의 방법들은 결코 난해하지 않다. 이를 오랫동안 꾸준히 되새기며 정신을 단련하기 위해서는 끊임없이 본능을 거스르며 자기 극복을 해야 하기에 커다란 인내력을 지속적으로 요구할 뿐이다.

　나약한 마음에 사로잡혀 있다고 스스로 인정한 독자라면 마음의 눈을 부릅뜨고 가슴속을 들여다보라. 마음 깊은 곳에 강해지고 싶은 소망이 살아있었기에 고통스럽더라도 내 나약함을 인정할 수 있었다. 그렇기에 이 책을 여기까지 읽었을 것이다. 소망의 작은 불씨를 가슴에서 찾아낸 독자라면 강한 정신력을 지니기 위해 내가 제시한 원칙과 지침을 하루 또 하루 고통을 참고 꾸준히 실천해보라. 견뎌낸 고통과 흘린 피땀만큼은 조금씩 강해질 것이다. 괴로움을 견디고 책임을 짊어지며 묵묵히 오랜 시간 앞으로 나아가다 보면, 어느 날 문득 인간으로서 '강해질 권리'를 멋지게 지켜내고 있는 사람으로 변화한 자신을 마주할 것이다. 영웅정신을 동경했던 소망의 작은 불씨는 그때쯤 가슴속에서 커다란 횃불이 되어 타오르고 있을 것이다.

6장

두뇌 컨디션을 위한 약물치료

"약을 먹고 치료하는 것과 상담치료를 받는 것은 어떻게 다른가
요?"

"약은 먹고 싶지 않은데 무슨 다른 치료 방법이 없나요?"

"우울증을 치료하려면 약을 꼭 먹어야 하나요? 안 먹으면 치료가
안 되나요?"

"약을 먹는 건 어차피 일시적으로 증상만 가라앉히는 것 아닌가
요? 진짜 근본적인 치료는 어떻게 하나요? 근본적인 치료가 상담
치료인가요?"

정신과에 처음 내원한 환자나 보호자들에게 자주 받는 질문이다.

실제로는 약물치료와 상담치료가 명확히 분리되는 것은 아니다. 약
물치료를 할 때도 증상에 대한 청취와 진단, 그에 대한 설명, 치료과
정과 경과에 대한 의사와 환자의 문답이 있어야 하고 이 또한 상담치
료의 영역에 포함된다.

"예. 병 맞으니까 약 드세요. 우울증이에요. 네, 우울증이 맞고요, 항우울제 열심히 먹으면 낫습니다. 네, 병이 있으니까 약도 있는 거겠죠? 의사가 시키는 대로 열심히 약 먹으세요."

궁금한 것이 많은 환자에게 의사가 이렇게 증상이나 질환에 대한 충분한 상담 없이 약만 처방하고 끝낸다면, 아주 고분고분한 환자가 아니라면 진단에도, 처방된 약에도 신뢰가 가지 않아 제대로 복용하지 않을 테니 약물치료도 잘 되기 어렵다.

환자나 보호자들이 의문을 가지는 약물치료와 상담치료의 차이는, 실제로는 약물처방과 일정 수준의 상담을 병행하는 것과 오로지 상담만 집중적으로 하는 것의 차이를 말한다고 봐야 할 것이다.

여기서 먼저 이해가 필요한 것은, 약물치료를 포함한 모든 심리적 치료와 상담은 일정한 한계성을 지니고 있으므로 너무 과도한 기대는 하지 말아야 한다는 것이다. 그 한계성이란 무엇인가?

병이 있어 치료가 필요한 상태라는 인식이 본인에게 없는 급성의 조현병(정신분열병) 상태이거나 심각한 양극성장애 조증(조울병)의 상태가 아니고, 환자 스스로 정신적 문제점을 느껴 도움을 받기 위해 찾아온 경우라면, 상담자와 환자의 관계는 1회씩 레슨을 하는 프리랜서 코치에게 운동선수가 찾아가는 것과 어느 정도 유사하다.

운동선수가 혼자 아무리 연습해도 점점 시합성적이 떨어지면 코치를 찾아가 운동 자세를 교정 받거나 훈련방법, 시합 대처방법 등에 문제가 없는지 상의하고 전문적 조언을 받을 것이다. 코치가 선수를 살펴보았더니 성적이 떨어진 이유가 단순한 자세 문제가 아니라 근육 파열, 인대손상으로 인한 근력 저하나 통증으로 기존의 자세가 망가진 데서 왔음을 파악하고, 약물처방이나 수술을 받도록 지시하여 손상을 치료하게 한다면, 이는 정신과 의사가 정신과적 질환에 대해 약물치료를 하는 것과 원리적으로 같다고 보면 된다.

본인은 무척 괴롭지만 현실검증 능력과 기본적 판단력에 큰 이상은 없는 우울증, 공황장애, 강박증 등의 흔한 정신과적 질환은 생물학적으로 두뇌를 구성하는 요소들인 뉴런(뇌세포), 시냅스(뇌세포 사이의 연접부위), 뇌 회로(수많은 뉴런과 시냅스가 연결되어 신호를 전달하는 연결망) 등에 선천적 취약성과 후천적 스트레스가 복합되어 컨디션이 '가역적'으로 나빠진 현상이다. '가역적'이란 말은 심각하게 만성화된 상태가 아니라면 발병 이전의 상태로 회복 가능하다는 뜻이다.

이러한 두뇌 컨디션의 저하를 회복시키는 방법 중, 두뇌에서 분비되는 여러 신경전달물질(세로토닌, 도파민, 노르에피네프린, GABA 등)의 시냅스 소포 농도를 조절하고 이러한 신경전달물질의 시냅스 전후 수용체에 직간접적으로 작용하는 약물을 투여하여 뇌세포와 뇌 회로의 컨디션이 보다 빨리 원상태로 회복되도록 촉진하는 것이 바로 약물치료다. 약물치료로 두뇌 컨디션이 충분히 회복되면, 객관적 상황에 비해 과도하게 비관적이고 예민하던 마음이 긍정적이고 느긋한 상태로 되돌아간다.

상담치료의 다양한 방식들

약물치료 외에도 또 다른 생물학적 치료가 있다. 이는 생활패턴을 바람직한 쪽으로 변화시켜 두뇌 컨디션의 회복을 촉진하는 방법이다. 일찍 일어나고 일찍 자고, 체력과 근력이 좋아지도록 충분한 신체단련을 하고, 폭음이나 폭식을 자제하고, 적절한 영양소가 고루 들어있는 건강한 음식을 적당량 규칙적으로 먹는 등 생활패턴을 두뇌 활성화와 컨디션 회복에 도움이 되는 방향으로 바꾸는 것이다. 환자가 이러한 조언을 잘 따른다면 이 또한 우울, 불안, 감정기복 등을 개선하는 좋은 방법이다. 현대적 약물치료가 등장하기 전에는 이런 생활패턴의 개선이 두뇌 컨디션 회복을 위한 주된 대처법이었다. 수도원 같은 곳에 들어가서 그곳 수도승들의 규칙적이고 금욕적인 생활패턴에 맞추어 생활하는 것은 옛 사람들의 우울, 불안증상 개선에 큰 도움을 주었을 것이다.

하지만 대부분의 환자들은 상담치료에 대해 생활패턴 개선에 대한 상식적 조언 이상의 것을 기대한다. 정신과나 심리센터에 상담하러 왔는데, 좋아지려면 일찍 일어나고 일찍 자고 규칙적으로 생활하고 운동하고 술 많이 안 먹도록 노력하라는 어찌 보면 너무도 상식적인 조언만 들으면, '이런 건 나도 다 아는 이야긴데……'라고 여기며 실망하는 것도 당연하다. 더 신통한 어떤 방법이 있을 것이라 기대하고 왔기 때문이다.

특히 젊은 환자들일수록 어린 시절 마음의 상처 혹은 수년 전부터 유행하는 말로 '정신적 트라우마'를 발견해서 상담을 통해 그 상처를 해결하면 현재 본인을 괴롭히는 증상들이 눈 녹듯 사라질 것이라는 기대를 가지고 있는 경우가 많다. 각종 매체에서 그런 이야기를 자주 들었기 때문일 것이다.

"상처받은 내면아이*inner child*"라는 용어를 어디에선가 들었는지 상담하러 찾아와 말한다.

"어린 시절 부모에게 오랫동안 상처받은 마음속 내면아이를 치유하고 싶어요. 내 안에서는 항상 마음속 내면아이가 슬프게 울고 있어요. 그래서 아무리 열심히 노력해도 우울한 기분을 극복할 수가 없나 봐요. 어떻게 하면 그 내면아이를 치유할 수 있을까요?"

정신분석이나 그와 유사한 이름이 붙은 계통의 상담치료는 대체로 과거 이야기를 통해 환자의 병적인 심리구조를 파악하는 것을 치료의 중요한 기둥으로 삼는다. 과거 기억에서 드러나는 어떤 미성숙한 심리패턴이, 현재에도 환자의 삶에서 반복되는 대인관계 및 여러 심리적 문제의 근원임을 깨닫도록 하여 치료하는 것이다. 치료를 더 깊이 들어가려면 그런 미성숙한 심리패턴이 현재의 환자와 치료자 사이에도 반복(전이–역전이 현상)되고 있음을 분석해 환자가 이를 충분히 깨닫고 변화하도록 유도하는 치료 방법이다.

이는 20세기 초반 오스트리아의 정신의학자 지그문트 프로이트가 제창해 전 세계에 퍼진 방식이다. '내면아이 치료'라든가 '어린 시절의 정신적 트라우마 치료'라는 말도 과거의 경험을 분석하고 치유하는 방식이므로, 넓게 보면 프로이트 방식의 상담치료를 대중이 이해하고 받아들이기 쉬운 형태로 변형한 것이라고 할 수 있다.

흔히 사람들이 상담치료에 대해 가지고 있는 고정관념에서 많은 부분은 이런 프로이트적 방식이 차지한다. 무의식 속에 억압되어 잊힌 과거의 고통스러운 경험이나 주로 부모와 연관된 감정적 결핍이 현재 환자에게 고통을 주는 대인관계나 기타 여러 심리적 문제의 근원이 되므로, 상담을 통해 이를 깨달아 성숙해지는 방식으로 문제나 증상을 해결한다는 방식이다.

상담치료에 이런 과거의 기억을 주로 탐구하고 분석하는 방식만 있는 것은 아니다.

부정적인 패턴으로 오랫동안 굳어진 사고방식이 실은 객관적 근거가 미약한 잘못된 생각이며, 다른 대안적이고 긍정적인 시각으로 다시 바꿔서 생각해보자고 토론하고 설득해, 우울과 불안을 유발하는 환자의 병적인 사고방식을 직접적으로 교정하려는 치료법도 있다.

이처럼 논리적 설득과 대안적 사고의 제시를 좀 더 규격화해 치료 횟수를 설정하고 환자에게 매회 실천과제를 내주는 방식으로 진행하는 것을 흔히 '인지치료', '인지행동치료'라 부른다. 쉽게 설명하자면 과도하게 부정적인 생각을 하는 환자를, 상식적인 수준의 토론을 통해 그 잘못된 생각을 바꾸도록 설득하는 상담방법이라 할 수 있다.

감정적 고통은 인생에 필연적으로 따르는 자연스러운 현상이고 나아가 삶 그 자체임을 깨달아야 하며, 이러한 고통으로 인해 인생의 다른 부분들이 왜곡되거나 포기되지 않아야 함을 환자에게 이해시키려는 방식의 상담도 있다. 이를 '수용전념치료'라고 부른다. 사성제, 팔정도의 진리를 깨우치고 수행하여 인생이란 곧 고통의 바다임을 깨닫고 받아들여야 한다는 불교적 인생관과도 통하는 상담 방식이다. 인생 그 자체가 고통이며 인간은 이를 책임감 있게 받아들여야 한다는 가르침은 그리스 신화에도, 신구약성경에도 등장하는 인류 공통의 원형적 가르침이기도 하다.

프로이트 방식과 아들러 방식

프로이트보다 14세 아래로 같은 오스트리아 유대인 출신인 정신의학자 알프레드 아들러 방식의 상담치료도 있다. 아들러는 환자가 말하는 과거 기억이 현재 문제의 원인이 아니고, 오히려 환자의 회피하고 싶은 현재 문제가 고통스러운 과거 기억의 형태로 상징화하여 드러나는 것이라고 보았다.

환자가 직면을 회피하고 있는 현시점의 중요한 문제가 과거 기억을 통해 상징적으로 드러나며, 이러한 기억으로 인해 생겨나는 분노나 남 탓이 환자가 마땅히 직면해야 하는 현실과제로부터 도망칠 딱 좋은 핑계를 제공한다는 것이다. 이는 프로이트와는 완전히 정반대 견해였고 프로이트가 도저히 받아들일 수 없는 생각이었기 때문에, 초기에는 프로이트의 환영을 받으며 함께 연구했던 아들러는 따로 학파를 이루어 독립하게 되었다.

프로이트의 관점과 아들러의 관점은 극과 극이라 볼 수 있기에, 두 방식의 차이를 보면 상담을 통한 치료란 것이 어떤 것인지에 대해 약간은 이해할 수 있을 것이다. 하나의 사례를 들어 설명하면 다음과 같다.

고등학교 3학년 아들이 수능을 앞두고 도무지 공부를 안 하고 밤에는 게임만 하고 낮에는 자고 빈둥빈둥 시간만 보내는 것을 보고 어머니가 참다 참다 말한다.

"너 그러다 나중에 어떻게 하려고 그러니? 대학 갈 생각이 있기나 하니?"

아들이 발칵 성질을 낸다.

"아, 지금 마음잡고 할라 그랬다고! 엄마는 항상 내 자신감을 꺾어! 안 그래도 내가 이제 마음잡고 공부 좀 해보려고 했는데 하필 그 순간에 엄마가 잔소리하니까 김이 팍 새서 공부할 마음이 사라졌다고! 엄마 때문에 내 자존감이 다 사라져버렸다고! 엄마가 나를 존중해주지 않고 항상 잔소리만 해대니까 난 어릴 때부터 될 것도 안 됐다고! 어릴 때부터 내가 엄마한테 얼마나 마음의 상처를 받고 살았는지 알아? 내 모든 걸 통제하려는 엄마 때문에 인생이 지옥이라고! 엄마가 내 자존감 브레이커라고!"

두 사람이 격렬하게 다투다가 상담을 받으러 갔다. 프로이트 방식이라면 어떻게, 아들러 방식이라면 어떻게 상담을 할까?

프로이트 방식이라면 현재 아들과 어머니 사이에서 제기되는 문제의 근원에는 과거로 거슬러 올라가는 억압된 기억이 그 원인으로 존재할 것이고, 그것이 모자 관계에서 계속 반복되며 현재에 이른 것으로 판단하게 된다. 그래서 이러한 반복적 패턴을 파악하기 위해 과거 이야기를 상세하게 들으면서 억압된 기억을 찾아 시간을 거슬러 올라가게 된다.

아들러 방식이라면 아들이 이런 이야기를 하는 이유는 공부하기 싫고 공부에 자신도 없어서 빈둥빈둥 게임이나 하면서 고3이라는 괴롭고 불안한 현실을 도피 중인데, 엄마 잔소리를 듣자 마침 울고 싶던 차에 뺨 때려준 격으로 격렬히 반응하며 '엄마 탓', '과거 탓'으로 자신의 나태한 현실도피를 정당화하기 위한 핑계를 대는 것이라 보게 된다. 그러므로 아들이 받아들일 수 있는 방식으로, 자신이 현실도피를 위해 무의식적으로 이러한 '핑계'를 대고 있음을 직면시킬 것이다.

　아들러 방식도 물론 과거의 기억을 중시하지만 프로이트적 방식과는 정반대의 의미에서 바라본다. 과거의 기억을 듣고 그 기억을 분석해 현재의 문제를 치유하고 해결하려는 것이 아니라, 과거의 기억은 '환자가 피하고 싶어 하는 현실의 진짜 문제'의 상징임을 환자가 깨닫도록 하여 의식적, 무의식적으로 회피하려는 이 진짜 현실에 환자가 맞서 도전하고 극복할 수 있는 용기를 불어넣어야 한다는 것이다. 아들러는 이것이 모든 상담치료의 공통된 목표라고 주장했다.

　아들러의 이론은 지금 힘들고 우울하다고 남 탓, 과거 탓 하지 말고, 스스로 용기를 내어 현실적 약점을 극복하며, 현실 문제를 회피 없이 대응하여 사회에 공헌할 수 있는 사람으로 발전해나가야 한다는 자기계발적인 면이 크기 때문에 이후의 자기계발 이론가들에게 큰 영감을 주었다. 수년 전에는 아들러 심리학을 다룬 일본 작가 기시미 이치로의 저서 『미움 받을 용기』가 국내에 번역되어 베스트셀러가 되기도 하였다. 저서 『12가지 인생의 법칙』과 유튜브에 올라온 여러 강의로 유명해진 캐나다 토론토대학 심리학과 교수 조던 피터슨의 이야기도 아들러의 주장과 상당히 비슷한 면이 있다.

　물론 아들러의 이론은 프로이트처럼 참신하고 혁명적이라기보다는 동서양의 상식적이고 전통적인 삶의 지혜와 상통하는 부분이 매우 크다. 때문에 아들러와 비슷한 주장을 한 사람들이 반드시 아들러의 영향을 직접 받았다고 볼 수는 없다. 아들러와 비슷한 주장을 한 사람들은 아들러 이전에도, 이후에도 많았기 때문이다.

이렇게 과거의 기억에 집착하기보다는 현실의 문제를 직시하여 다양한 방법을 통해 이를 극복하기 위한 해결책을 도모하고 환자에게 현실에 맞설 용기를 내도록 격려하는 방식의 상담치료 또한 하나의 주류방식에 속한다. 아들러가 워낙 프로이트적 방식과는 정반대의 위치에 있기 때문에 이해를 돕기 위한 사례로 든 것이며, 그 외에도 수많은 정신의학자, 심리학자들이 다양한 상담방법을 개발하고 현실에 적용하기 위해 노력해왔다.

수많은 상담방식 중 어떤 방식이 더 효과적이고 뛰어난 치료인지 객관적으로 인정된 증거는 없다. 환자의 성향이나 지적인 수준에 따라 사람마다 적합한 방식이 다를 수 있고, 이러한 여러 상담방식을 치료자가 환자에 맞추어 적절히 혼합할 수도 있다. 특정한 상담방식보다는, 환자의 종합적 상태를 판단할 수 있는 치료자의 전문적 능력이 어느 정도인지, 치료자의 인생 경험, 지식, 인격은 어떠한지가 더 중요할 것이다.

치료에는 분명 한계가 있다

이상은 상담치료란 것에 대한 대단히 간략한 설명이었다. 그렇다면 내가 위에서 말한 '치료의 한계'란 무엇인가? 치료의 한계가 무엇인지 알아야 상담치료든 약물치료든 누군가에 대한 정신적 치료를 할 때의 기대치가 어디까지인지를 알 수 있다.

나의 생각은 이렇다. '본인의 인생 궤도를 찾지 못했거나 혹은 찾으려는 진지한 노력을 하지 않고 있는 사람'에게는 약물치료든 상담치료든 그 효과가 극히 제한적이라는 것이다. 치료를 통해 되돌아가야 할 정상적인 상태, 즉 '열심히 인생을 살며, 타인에 의지하지 않고 주어진 책임을 감당하는 상태', '아직은 타인에 의존해서 살지만, 추후 독립하여 책임을 감당하는 사람이 되기 위해 열심히 노력하는 상태'가 치료 이전에 존재해야 한다는 뜻이다. 환자 본인이 독립과 책임을 감당하기 위해 스스로 '강해질 권리'를 사용하고 있었는지 여부에 따라 약물치료든 상담치료든 그 효과가 극적으로 달라진다. 환자와 보호자들이 의문을 품는 '근본적 치료'라는 개념도 그 한계 내에서만 의미를 지닌다.

예를 들어, 어떤 사람의 무릎 관절이 원래 정상이었는데, 회복 가능한 염증이나 조직파열로 인해 움직임에 급성 이상이 생겼다면 약물치료든 수술치료든 치료 후에는 다시 원래대로 잘 뛰어다니고 운동

기능을 완전히 회복할 수 있을 것이다.

그러나 무릎에 이전부터 퇴행성변화가 와 있어 뛰어다니거나 날렵한 방향전환을 하는 것이 원래 불가능했다면, 급성 손상이 수술로 잘 치료되어 통증은 줄었다고 하더라도 날렵한 운동 기능까지 돌아올 수는 없다. 다치기 전에도 뛸 수 없었기 때문이다.

부모나 타인으로부터 경제적, 심리적으로 독립하고, 주어진 사회적 역할을 큰 무리 없이 수행하고, 대인관계가 비교적 안정되어 있던 사람에게 각종 스트레스의 누적과 예민한 두뇌 특성의 상호작용으로 인해 발생한 우울, 불안, 공황 등의 증상은 약물치료든 상담치료든 어느 정도 치료 후에는 충분히 호전되어 원상태로 잘 복귀하는 경우가 대부분이다. 돌아갈 정상궤도가 존재했기 때문이다. 원래 근력이 좋고 심혈관계와 관절도 튼튼하던 사람은 뜻하지 않은 다리 부상으로 한동안 꼼짝 못하고 누워 있게 되어도 치료 후에는 다시 원래대로 잘 뛰어다닐 수 있는 것과 같다. 이런 경우는 근본적 치료가 되었다고 볼 수 있다. 물론 근본적 치료라는 것이 평생 다시는 그런 증상이 재발하지 않는다는 의미일 수는 없다. 이 세상에 그런 식의 근본적 치료는 존재하지 않는다. 발병 이전의 정상궤도로 복귀해서 다시 본인의 인생을 스스로 걸어가게 되었다는 뜻일 뿐이다.

문제는 독립된 인생궤도를 본인 힘으로 걸어간 적이 없거나 정상궤도에서 이탈한 지가 너무 오래되었고, 나태한 생활패턴에 오랜 기간

중독되어 인생의 짐을 부모와 같은 남에게 떠맡긴 채 의존적 생활을 하는 경우다.

다 큰 성인이 남에게 의존해서 살면서도 본인은 즐겁고 행복하다면 그게 오히려 더 이상한 일이 아닌가? 이런 사람에게는 당연히 우울, 불안, 가족과의 갈등, 자기비하, 자해, 자살충동, 분노조절의 어려움, 알코올 의존, 폭식증 등의 온갖 병적증상이 잘 생긴다. 이런 경우라면 약물치료나 어떤 방식의 상담치료를 해도 증상이 쉽게 좋아지지 않는다. 표면적인 증상은 치료로 조금 호전되더라도 환자의 의존적이고 나태한 생활패턴에 변화가 없으므로 금세 재발하는 경우가 대부분이다.

이처럼 복귀할 '정상궤도'가 원래부터 없는 사람이 상담치료를 받는다면 어떤 상황이 발생할까?

먼저 상담치료의 주류라 할 '과거의 억압된 기억', '트라우마적 기억'을 위주로 상담을 진행하는 경우다. 프로이트 방식의 상담치료는 본래 남 탓, 과거 탓을 하고자 함은 아니다. 과거의 억압된 기억과 연관된 정신적 상처는 당시 어렸던 환자의 미숙함이나 부모에 대한 전적인 의존, 사회경제적 능력의 결여와도 큰 관련이 있으므로, 그러한 과거 기억이나 대인관계 패턴이 이미 당당히 독립한 성인이 된 지금에 와서까지 계속 반복될 필연성이 없다는 것을 깨우치고자 함이다. 그리하여 억압된 기억과 연관된 오랜 고통과 억울함을 해소하고, 부모를 이해하고, 지금 이 순간부터 성숙한 대인관계를 재구축할 수 있도록 이끌어나가는 것이다.

그러나 돌아갈 '정상궤도'가 존재하지 않고 비정상적 생활패턴에 중독되어 살고 있는 환자는, 치료자와 함께 과거를 돌아보고 현실에서 성숙한 모습으로 변화하기 위한 깨우침을 얻을 정신적 능력이 없다. 당당한 독립적 성인으로 홀로 선 경험이 없는 이런 환자는 억압된 기억의 발견을 현실에서 본인이 보다 성숙해지기 위한 깨우침의 기회로 인식하지 못한다. 도리어 상담하며 발견한 기억을 현재의 비정상적이고 나태한 생활을 유지하기 위한 핑계로 삼기 위해 그 기억과 연관된 가까운 타인을 공격할 무기로 활용할 가능성이 크다.

상담에서 일어날 수 있는 다음과 같은 상황을 상상할 수 있다. 환자들로부터 비슷한 사례를 많이 들었기 때문에 완전한 가공의 이야기는 아니고 다양한 사례를 조합한 것이다.

5년간 은둔형 외톨이로 지내며, 낮에는 잠만 자고 밤에는 날이 새도록 게임과 동영상 사이트 보기, SNS를 하고, 신경성 폭식증으로 과자, 음료수, 배달음식을 계속 폭식하고 토하며 반복적으로 울고 자해하는 27세의 딸을 어머니가 설득해 상담센터에 데리고 가서 주 2회 상담치료를 받게 되었다. 물론 딸은 경제적 능력이 없어 상담비용은 부모가 냈다.

두 달간 열심히 상담했는데도 여전히 은둔형 외톨이 생활과 폭식,

구토, 자해에 변함이 없자 어머니가 조바심이 나서 물었다.

"지금까지 16번이나 상담을 하고 비용도 160만 원이나 썼는데 왜 달라지는 게 없니?"

처음에는 대답을 회피하던 딸이 어머니가 자꾸 다그치자 표정을 일그러뜨렸다.

"엄마, 내가 초등학교 2학년 때 뚱뚱하다고 친구들에게 왕따 당해서 학교 안 가겠다고 했을 때 엄마가 뭐라고 했는지 기억나?"

"뭐? 지금 무슨 소리니?"

"선생님하고 상담하다가 그 잊고 지냈던 기억을 찾아냈다고. 그때, '엄마는 무조건 네 편이야. 아무리 뚱뚱해도 엄마한테는 우리 딸이 제일 예뻐. 넌 뚱뚱한 게 아니고 약간 튼튼할 뿐이야', 이렇게 상처받은 내 마음을 어루만져줬어야 했대. 근데 엄마는 내 편을 들기는커녕 내가 뚱뚱한 게 사실이고 그래서 왕따 당한다고, 당장 다이어트를 해야 한다고 엄청 야단치고 먹는 거 밤낮으로 감시하고 억지로 운동시켰잖아. 지금 내가 폭식하고 토하는 게 다 그때 엄마한테서 받은 마음의 상처에서 시작된 거래."

"뭐? 그때 내 덕분에 날씬해져서 네가 고등학교 때까지 친구들도 잘 사귀고 학교 잘 다녔던 거잖아. 애가 고마운 줄 모르고 이상한 소리를 하네? 이렇게 다시 뚱뚱해진 건 네가 대학 졸업하고 공무원시험 준비하다 중도포기하고, 심란하다며 이제부터 몸무게 관리 안 하고 먹고 싶은 거 다 먹고 하고 싶은 것만 하고 살겠다고 선언한 다음부터 아니야? 엄마 몰래 토하고 자해하는 것도 그때부터 생긴 건데 왜 생사람을 잡고 그래? 지금 네 인생 잘못된 게 모두 엄마 탓이란 거니?"

"그래! 그게 다 어릴 때 상처받은 거 때문이래. 그거 말고도 엄마한테, 아빠한테 상처받은 게 엄청 많았다고! 동생이 얼굴이 더 예쁘고 공부도 잘한다고 특별대우했잖아. 차별대우한 거 누가 모르는 줄 알아? 그게 다 내가 지금 이렇게 된 원인이라는 거야! 상담 선생님은 집에 가서 속에 쌓인 이런 수많은 마음의 상처를 엄마한테, 아빠한테 속 시원히 다 털어놓고 제대로 된 사과를 받으랬어! 그래야 오랜 마음의 상처가 낫고 자존감이 회복되어 폭식, 구토, 자해 증상이 좋아질 수 있대! 어서 진심으로 나한테 사과해! 내 인생 망친 거 다 책임져!"

"도대체 뭘 어떻게 사과하란 거야. 우린 피눈물 나게 고생해가며 너 열심히 키운 죄밖에 없다. 네 인생 안 풀리는 게 모두 부모 탓이라고? 상담 선생님이 좀 이상하네. 이제 거기 가지 마라. 큰맘 먹고 상담시켰더니 돈만 날렸네. 애가 상담 받고 오히려 더 이상해졌어."

"몰라! 내 인생 책임져! 엄마 때문에 내 인생 망했어! 완전히 망했다고!"

딸이 한바탕 울고불고 난리를 치다가 방으로 들어가더니 문을 쾅, 닫는다. 안에서 문이 부서져라 발로 마구 차더니 흑흑 흐느껴 우는 소리가 이어진다.

이 딸과 같은 나태하고 의존적인 생활에 중독되어버린 사람에게 억압된 기억을 발견해서 치료하자며 상담하면 이런 식으로 잘못된 방향으로 가는 경우가 많다. 사례에 나오는 상담사처럼 환자의 모든 문제가 부모나 타인으로부터 받은 마음의 상처, 요즘 유행하는 말로 '트라우마' 때문이고 이를 사과받고 보상받아야 트라우마가 치유된다는 식으로 터무니없는 이야기를 하는 사람도 실제로 있다. 치료는커녕 도리어 환자를 망치고 퇴행시키는 행위일 뿐이다. 비싼 치료비까지 내며 딸을 고쳐보겠다고 데리고 온 부모로서는 미숙한 치료자로 인해 이렇게 황당한 일을 당하면 그저 눈물만 흘릴 뿐이다.

근본적 치료란 대부분 착각일 뿐

치료자가 아무리 경험이 많고 유능하더라도 알코올 의존, 인터넷 도박, 낮과 밤이 바뀐 게으른 생활, 폭식과 구토, 자해 등 온갖 해로운 생활패턴에 중독된 환자를 상대로 과거 이야기 위주로 상담을 진행한다면 성숙한 방향으로 이끌어가기는 극히 어려워진다. 환자의 정신이 미숙할수록 억압된 기억과 마음의 상처에 대해 상담하다 보면 현재 본인이 처한 문제의 근원을 남 탓, 과거 탓으로 돌리기 쉽기 때문이다.

치료자가 위의 사례처럼 잘못된 방식으로 조언하지 않았더라도 환자가 잊고 지냈던 예전 기억을 떠올리며 제멋대로 그렇게 단정해버리는 경우도 흔하다. 남 탓, 과거 탓을 하면 나태함에 중독된 현재의 의존적 생활을 그대로 유지하기 위한 좋은 핑계와 명분이 되고, 잔소리하고 간섭하는 부모에게 날카로운 역공을 취할 수 있는 더할 나위 없이 좋은 무기가 되기 때문이다.

물론 다른 상담방식으로 이런 환자를 치료할 수도 있다. 환자가 봉착한 고통을 해결하기 위해 과거가 아닌 현재에 초점을 두고 지금 이 순간 본인에게 해를 끼치는 생활패턴과 사고방식을 바꾸도록 설득하는 방식으로 상담을 진행하는 것이다. 이런 경우 환자의 잘못된 생각을 직접 지적하며 교정하기도 하고, 상담을 통해 잘못된 부분을 스스로 깨닫도록 유도하거나, 혹은 환자가 현실도피를 위해 핑계거리로 내놓은 여러 생각의 잘못을 지적하게 된다.

현재에 초점을 두기 때문에 환자가 상담으로 인해 남 탓, 과거 탓을 하며 도리어 퇴행할 위험은 없지만, 잘못된 생활패턴과 사고방식을 올바른 방향으로 바꾸라는, 어찌 보면 상식적인 조언에 환자가 불만을 느끼기 쉽다. 치료자가 자신의 고통에 공감해주지 않고 설교와 잔소리만 한다는 불만이 생기고, 현실도피하지 말고 정신적 나약함에서 벗어나라는 올바른 조언을 자신에 대한 비난이라고 여기는 것이다. 즉 다음과 같은 일이 생기기 쉽다.

위와 똑같은 상태의 환자가 어머니를 따라 상담치료에 두 번 가더니 더는 가지 않으려 한다.

"엄마, 나 이제 거기 상담 그만 갈래."

"아니 왜? 10회 상담료 100만 원 선불로 냈는데 왜? 두 번밖에 안 갔잖아."

"아 몰라. 엄마가 환불받을 수 있으면 받든가. 상담사가 너무 말도 안 되는 헛소리만 해서 더 가는 건 시간낭비야."

"왜? 헛소리라고? 그 상담 쌤이 뭐라 그러는데?"

"아니, 내가 뚱뚱하다고 초딩 때 놀림 받고 왕따 당한 거 요즘 자꾸 생각나서 너무 힘들다고 그랬더니, 글쎄, 그 생각에 집착하는 건 지금 내가 폭식하고 토하는 걸 합리화하기 위한 핑계일 수도 있다고 그러잖아! 힘든 트라우마 털어놓았더니 공감은커녕 그게 변화를 거부하기 위한, 현실도피를 위한 핑계라잖아! 전부 내가 나약해서 이렇게 되었다는, 내 인생 안 풀리는 건 모든 게 내 책임이라는, 그런 말도 안 되는 이야기 아냐! 그런 미친 얘기는 아빠한테도 백 번도 넘게 들었다고. 마음이 힘들어서 기껏 용기 내서 얘기했는데 한다는 게 그딴 아빠나 할 잔소리였다고! 그게 무슨 상담이야! 고작 그런 얘기 들으러 또 가라고?"

"그래? 그 선생님이 왜 그렇게 말을 했을까……."

"그리고 또 뭐래는지 알아? 이야기하다가 감정이 북받쳐 올라서, 인생이 너무 힘들고 나에게만 몹시 부당하고 그래서 미련도 전혀 없고 언제든 기회만 오면 이 고통을 끝내버리고 싶다고 울면서 얘기하니까 한다는 말이 산다는 건 원래 고통스러운 것이 기본이래. 고통을 인생의 당연한 이치로 받아들이고 괴로움이 있어도 지금 이 순간 내가 해야 할 일을 피하지 않고 해야 한대. 지가 무슨 도덕 선생님이야? 공자 맹자야? 석가모니야? 아, 그딴 얘기는 누가 못해? 그게 뭔 상담이냐고! 상담이 아니라 설교 아니냐고, 설교! 내가 절에 갔어? 교회에 갔어? 왜 힘들다는 사람한테 설교를 하고 앉았어!"

"그래……, 그래도 좀 더 가보지그래. 아주 틀린 얘기는 아닌 것도 같은데……."

"뭐? 싫다고. 됐다고. 그까짓 게 무슨 상담이야, 다시는 안 간다고!"

환자의 잘못된 생각과 행동을 직접 지적하고 설득하여 변화시키는 방식의 상담은 환자가 잘 받아들인다면 좋지만, 타인에게 의존하는 나태한 생활에 빠진 사람에게는 부모나 주위 사람들이 지금까지 계속 해온 잔소리의 변주에 불과하다고 느껴지기 쉽다. 치료자에게 설사 뛰어난 설득력이 있더라도, 강력한 마이너스적 타성에 중독되어 변화할 의지를 상실한 사람을 올바른 방향으로 설득하여 이끈다는 것은 거의 불가능에 가까울 정도로 어려운 일이다.

결국, 환자나 보호자들이 생각하는 '근본적 치료'라는 말은 대부분 착각이다.

원래 고도비만이던 사람이 체중을 감당하지 못해 다리가 골절되었다고 해보자. 다리골절이야 어떻게든 치료할 수 있겠으나 고도비만의 병적인 몸을 의사가 근육질의 날씬한 몸으로 바꿔줄 수는 없다. 고도비만에서 벗어나려면 본인이 몸 상태의 심각성을 깨닫고 꾸준히 올바른 식생활을 하며 고통스럽고 금방 효과도 안 나는 운동을 열심히 할 수밖에 없다. 건강에 좋은 음식을 적당히 먹고 열심히 운동하는 것은 아무도 대신해줄 수 없다. 의사가 해줄 수 있는 것은, 지금 이대로는 결코 안 된다는 사실을 현실 그대로 알려주는 것밖에 없다.

"다리가 부러졌을 뿐 아니라 몸 자체가 고도비만으로 형편없이 망가졌습니다. 이대로는 절대 안 됩니다."

고도비만의 병적인 몸을 근육질의 날씬한 몸으로, 아니 비교적 정상에 가까운 몸으로라도 바꾸는 것은 오롯이 본인의 과제다. 의사는 단지 고통스러운 현실을 있는 그대로 깨우쳐줄 수 있을 뿐이다. 마찬가지로 정신적 관점에서도 '근본적 치료'란 원래부터 존재하지 않는 허상이다. 치료를 통해 목표로 하는 것은 급성증상이 생기기 전 원상태로 돌아가는 것 이상이 될 수 없으며, 이후 본인의 끊임없는 고통스러운 노력이 따를 때만 원상태에서 서서히 발전할 수 있을 따름이다.

야구로 비유해보자. 원래 공을 잘 던지던 투수가 부상을 당했다면, 수술 받고 열심히 재활해서 이전처럼 빠른 공을 던질 수 있을 것이다. 그러나 제대로 공을 던지는 법도 모르던 사람이 어깨부상을 치료했다고 강속구 투수가 될 수는 없다. 그런 사람이 빠른 공을 던지고 싶다면, 부상이 나은 후에 공 던지는 법을 터득하기 위해 차근차근 단계를 밟으며 노력하는 방법밖에는 없다. 무언가를 이루고야 말겠다는 강한 목표의식이 본인에게 존재하지 않으면 남이 어떻게 코치해주든 아무 소용이 없다. 환자나 보호자들이 사용하는 '근본적 치료'라는 말은, 마치 공에 제대로 힘을 실어 던질 줄도 모르던 사람이 어깨치료 후 갑자기 강속구 투수로 변신하는 판타지에 가까운 기대다. 안타까운 일이지만 그런 식의 근본적 치료는 약물치료든 상담치료든 애초부터 이 세상에 존재하지 않는 완벽한 허상이다. 치료를 통해 그렇게 천지개벽할 수준으로 전혀 다른, 이전보다 더 뛰어난 인간이 된다는 것은 돌연변이 거미에게 물려서 세상이 뒤집어질 초능력이 생긴 스파이더맨 이야기에서나 나올 판타지에 불과하다.

상담치료라는 것은 환자에게 변화에 대한 동기부여를 제공하고, 현실이 고통스럽더라도 남 탓을 하거나 회피하고 도망치지 않도록, 변화가 아무리 괴롭더라도 개선의 노력을 포기하지 않도록, 때로는 따뜻하게, 때로는 엄격하게, 여러 방식으로 격려하고 조언하는 행위에 불과한 것이다. 길고 험난한 길을 무거운 짐을 짊어지고 피땀 흘리며 뚜벅뚜벅 걸어가야 하는 것은 결국 당사자 본인이다. 그것이 바로 '치료의 한계'다.

빠른 공을 던지기 위해 험난한 훈련을 감수하며 넘어지고 다치고 매일 입에서 단내가 날 때까지 고통을 견디며 노력할 마음이 애초에 없는 사람이라면, 아무리 뛰어난 코치도, 누구의 어떤 훌륭한 조언도 그 사람을 버젓한 투수로 만들어줄 수 없는 것이다. 인간의 정신이 강해지고 성숙해지는 원리도 바로 그와 같다.

7장

왜 열심히 살아야 하나요?

'남들은 다 제 앞길 잘 헤쳐 나가는 것 같은데 왜 내 인생만 이럴까? 이렇게 못나게 살 거라면 왜 태어났을까? 안 아프게 죽을 수만 있다면 지금이라도 바로 죽을 텐데, 죽을 때 많이 아플까봐 용기가 안 나네. 난 죽을 용기도 없는 사람인가 봐.'

'죽고 나면 아무것도 안 남는 허무한 인생, 왜 아등바등 열심히 살아야 할까? 젊고 힘 있을 때 남 눈치 안 보고 최대한 즐기다 늙어 힘 빠지기 전에 미련 없이 가는 게 제일 좋은 인생 아닌가?'

우울해지면 이런 비관적이고 삐딱한 생각이 자꾸만 떠오르고 잘 사라지지도 않는다.

"난 태어나게 해달라고 한 적도 없는데 엄마는 왜 나 같은 못난 걸 낳아서 들들 볶는 거야? 일해라, 공부해라, 운동해라, 살 빼라, 잔소리, 잔소리, 또 잔소리! 제발 나한테 잔소리 좀 그만해! 누가 나 같은 머리도 나쁘고 못생긴 괴물, 이런 괴물 이 세상에 낳아달라고 했어? 그래, 나 못났어. 못난 거, 내가 쓰레기인 거 이백 퍼센트 인정하니까,

이제 나한테 아무 기대도 하지 마. 내가 먼저 말 안 하면 나한테 말도 걸지 마. 걱정 마, 어차피 그리 오래 안 갈 거니까. 그냥 되는 대로 이렇게 살다가 그것도 지겨워지면 소리 소문 없이 아무도 모르는 데로 가서 조용히 죽어줄게. 왜, 왜 울어? 소문날까봐 걱정돼서 울어? 엄마 딸이 자살해서 죽었다고? 그래, 엄마는 항상 남의 눈만 신경 쓰지? 엄마는 내가 어릴 때부터 항상 그랬어. 딸이 이렇게 못나서 남한테 자랑스럽게 보여줄 수가 없어서 그래서 엄마 친구들한테 항상 쪽팔렸지? 걱정 마, 얼마 안 남았어. 이제 정말 오래 안 갈 거야."

부모에게 반격할 마땅한 수단이 없으면 부모 마음을 최대한 아프게 만들기 위해 이렇듯 못난 말을 한다. 이런 미성숙한 말이 옳다고 생각할 사람은 없겠지만, 막상 가까운 사람이 이런 식으로 말을 할 때 마음을 고쳐먹도록 설득하는 것은 매우 어려운 일이다.

누구에게나 인생은 단 한 번이다. 빠르든, 늦든 언젠가는 죽는다. 그렇다면 '욜로'라는 말도 있듯이 한 번 사는 덧없는 인생 즐길 수 있을 때, 하루라도 젊을 때 마음껏 편하게 즐기다가 죽는 게 옳은 것 아닌가? 인생에는 어차피 정답이 없는 것 아닌가? 쾌락만 추구하는 인생에도 나름의 의미가 있을 테고 어쩌면 그게 더 멋지고 매력적인 인생 아닌가?

도대체 왜! 왜 인간은 열심히 살아야 하는가? 철학자, 성직자, 구도자가 아니더라도 사람은 대부분 인생의 어느 순간에는 사는 게 너무 힘들다, 도대체 왜 이렇게 아등바등 힘들게 살아야 하나 생각하게 된다.

옛날 사람들에게도 이러한 의문은 마찬가지였다. "개 팔자가 상팔자"라는 속담은 이런 마음이 오래된 것임을 알려준다.

문명이 아무리 발달해도 인간이 왜 사는지, 왜 열심히 살아가야 하는지에 대한 과학적 해답이 나올 수는 없다. 옛이야기에서 드러나는 원형적 상징을 통해 이 오랜 의문에 대한 하나의 대답을 발견해보자. 「아기장수 설화」란 이야기가 우리나라 방방곡곡에 전해진다. 지방에 따라 구전되는 내용이 조금씩 다르지만, 대체로 다음과 같다.

날개가 달리고 힘이 장사인 아기장수가 천한 집에 태어났다. 그런데 그 아기장수가 위대한 인물이 될 자질을 보이자 나라에서 경계하며 아기장수를 죽이라고 부모를 위협했다. 아기장수가 혹 나중에 역적질이라도 해서 삼족이 멸해질까 두려워진 부모는 소중한 자기 자식을 돌로 눌러서 무참히 살해했다. 부모가 아기장수를 돌로 눌러 짓이겨 죽일 때 아기장수의 몸에서 피가 철철 흘러나와 강물을 이루었다.

참혹하고 슬픈 이야기다. 이런 이야기를 들으면 누구나 안타까움에 젖는다. 나라를 구할 영웅이 될 수도 있었던 아기장수가 그 뛰어난 자질을 미처 실현해보지도 못하고 스러졌기 때문이다.

아기장수 이야기가 가진 비극성의 핵심은 바로 이 '가능성의 무참한 소멸'이다. 사람이든, 동물이든, 심지어 물건이나 식물이나 광물에 이르기까지 그 올바른 쓰임새가 활용되지 못하고 소멸하는 것에 동서고금의 인류는 '안타까움'이라는 공통의 정서를 느꼈다. 다음과 같은 상황들을 예로 들 수 있다.

- 배의 침몰로 순금으로 된 금괴가 100톤이나 바닷속에 가라앉아 자취를 감추었다.
- 값비싼 가구를 만들 수 있는 귀한 목재가 잡목으로 분류되어 땔감이 되어버렸다.
- 명기 스트라디바리우스 바이올린이 그 가치를 모르는 초보자의 손에 들어가 아무렇게나 다뤄지다가 부서져 폐물로 전락했다.
- 영웅이 젊은 나이에 뜻을 미처 펼치지도 못하고 간신배의 모함에 휘말려 처형되었다.
- 최고급 식재료가 잘못된 보관으로 상해버리거나, 서투른 조리로 먹지도 못할 음식이 되어버렸다.
- 최고 혈통의 경주용 말이 한번 마음껏 달려보지도 못하고 농사일만 하다가 다리가 망가져 식용으로 도살되었다.
- 뛰어난 지능과 신체능력을 가진 돌고래들이 드넓은 바다 대신 좁은 수조에 갇혀 인간들의 구경거리를 위해 평생 쇼를 한다.
- 고생스레 공부해서 명문대학교에 갓 들어간 신입생들이 MT를 갔다가 사고로 집단 사망했다.
- 프로에 데뷔하자마자 신인왕을 거머쥔 뛰어난 운동선수가 뺑소

니 음주운전 사고로 어이없이 목숨을 잃었다.

이런 이야기를 들으면 안타까운 마음이 든다. 미처 꽃피우지 못한 잠재력의 크기가 클수록 느껴지는 아쉬움도 크다. '비극'에서 빠져서는 안 될 핵심요소가 바로 이 '안타까움'이다. 안타까움이 느껴지지 않는 비극은 제대로 된 비극이 아니다.

내 인생을 안타까운 비극으로 끝낼 것인가

우리는 식물이나, 광물, 식재료가 덧없이 버려지고 상하고 낭비되는 것에서 안타까움을 느낀다. 인간의 공력이 들어간 귀한 물건이 무참히 망가지는 것에서는 안타까움을 느끼고, 지능이 뛰어나고 아름답고 빠르고 강한 동물들이 타고난 가능성을 실현하지 못하고 죽어가는 것에서 슬픔을 느낀다. 사람의 경우에는 그 안타까움과 슬픔의 강도가 더해진다. 전도유망한 젊은 청년들이 헛되고 무참히 죽을 때 우리는 그 청년들이 나와 무관한 사이일지라도 안타까움에 눈시울을 적신다.

반대로 다음과 같은 이야기는 어떠한가?

"어떤 왕국에 달콤한 이야기를 속삭이는 간신만 좋아하고 옳은 조언을 하는 충신은 귀양 보내고 죽이던 폭군이 있었습니다. 왕이 어리석으니 불쌍한 백성들은 간신배들의 가렴주구에 갖은 고통을 당했습니다. 왕족도 높은 귀족들도 왕을 닮아 하나같이 잔인하고 탐욕스러워 백성을 수탈하며 끝없는 사치를 즐겼습니다. 그러다가 그 나라에 이웃왕국이 침략했습니다. 고통 받던 백성들이 저마다 손에 횃불을 들고 거리로 쏟아져 나와 적군을 인도해, 지하 피난처에 숨어서 벌벌 떨던 폭군과 그 가족들을 모조리 잡아 목매달아 죽였습니다. 유서 깊은 궁궐도 깡그리 불태워지고, 왕국의 모든 왕족과 귀족은 남김없이 멸족되었습니다. 오백 년 역사를 지닌 왕국은 멸망해 이웃왕국의 영토가 되었습니다."

이 이야기에서도 비극성이 느껴지는가? 백성은 고통을 당했고, 나라는 망했고, 왕과 귀족이 몰살당했으니 안 좋은 일이 많이 생겼음은 분명하다. 그러나 이 이야기에서, 책임 있는 자리에 오른 자는 감언이설에 속지 말고 남의 올바른 조언을 새겨듣고 살아야 한다는 교훈은 얻을 수도 있겠으나, 아기장수 이야기와 같은 안타까움과 비극성을 느끼기는 어렵다. 애초부터 왕이 될 자격도 없는 무책임하고 못난 인간이 오랫동안 백성들을 괴롭히다가, 다른 못된 부하들과 함께 그에 합당한 천벌을 받았다는 결말에서 씁쓸한 쾌감을 느낄 뿐이다. 왜 이 이야기에서 비극성을 느끼기 어려울까? 그것은 미처 실현되지 못한 '잠재력'에 대한 묘사가 전혀 등장하지 않기 때문이다.

이 이야기에 하나의 배경을 추가해보자.

"이 폭군은 원래 위대한 왕이 될 것이라고 온 백성이 기대하던 용감하고 너그러운 왕자였다. 왕자 시절에 이미 나라를 위해 많은 공도 세웠다. 그런데 왕위 계승을 둘러싼 계모의 음모와 신뢰했던 심복의 배신에 휘말려 항상 함께하던 아름다운 연인을 잃어버렸다. 연인이 자기 목숨을 바쳐 위기에 빠진 왕자를 구해내 왕위에 올렸고, 그 충격으로 왕자는 폭군이 되었다."

이런 배경이 추가된다면 이 이야기는 비극으로 바뀐다. 폭군의 인생은 배신과 음모에 의해 왕자 시절의 훌륭한 잠재력을 잃어버린 비극이었다고 독자들이 받아들이는 것이다.

다시 묻건대 인간은 왜 열심히 노력하며 살아야 하는가? 위의 이야기들에 불완전하지만 하나의 답이 존재한다. 우리의 인생은 끝이 다가올수록 점점 더 한 편의 이야기에 가까워진다. 살면서 숱한 어리석은 짓을 했다거나, 갖은 실패를 맛보았다는 것 때문에 내 마음속에 삶이 써내려온 이야기가 진짜 비극이 되지는 않는다. 우리가 가지고 있던 가능성이, 고마운 사람들과 내가 아끼는 사람들을 위해 사용할 수 있었던 소중한 잠재력이 단 한 번도 꽃을 피우지 못하고 사그라지는 데서 인생은 우리 마음에 진정한 비극을 아로새긴다.

단지 물건에 불과한 냉장고 속 음식도 상해서 못 먹고 버리게 되면 안타깝고, 동물이나 나와 관련 없는 사람, 아기장수와 같은 설화 속

가상의 인물에 대해서도 그러한데, '나 자신'의 가능성에 대해서는 오죽하겠는가? 나 자신의 잠재력이 쓰임새를 찾지 못하고 헛되이 썩고 버려지고 끝내 사그라지는 것, 우리 삶에서 그 이상의 비극은 없다.

지금 당장 너무 힘들어서 죽고 싶은데 이게 바로 비극이 아니냐고? 그렇지 않다. 인생 살기가 힘들고 팍팍하다는 것만으로는 비극이 될 수 없다. 삶이란 인간 누구에게나 언젠가는 힘들고 괴로워지는 것이기 때문이다. 사는 게 힘들다고 인생이 다 비극이 된다면 너도 나도, 나아가 지금까지 살아온 인류 모두의 인생이 비극이라는 허무한 결론밖에는 안 나온다.

힘든 것이 비극이 아니다. 고생하는 것도 비극이 아니다. 비극은 내 삶이 나의 마음속에서 '안타까움'의 대상으로 전락하는 순간 시작된다. 고통은 견디다 보면 인내력이 생기고, 훗날 한때의 고통을 잘 참고 이겨낸 자신에 대한 자부심이 생긴다. 그러나 자신의 쓰임새를 찾지 못하고 무책임하고 나태한 인생을 살다가, 결국 늙어서 내 인생의 가능성이 '아기장수 이야기'의 아기장수처럼, 냉장고 속 부패한 식재료처럼 어떤 쓰임도 없이 이미 허무히 스러졌다는 것을 알아차리는 순간 마음은 바닥이 없고 탈출구도 없는 지옥으로 가라앉는다. 비극의 완결이다.

나의 쓸모

설혹 세상의 눈으로 볼 때 크게 높이 평가되지 않는 일이라 해도 우리는 내 안에서 무엇인가 쓰임새를 찾아야 한다. 나의 내면에 무엇인가로 자라날 수 있는 재능의 싹이 있다면 그것은 어떻게든 활용되어야 한다. 그 잠재력은 독립하여 주어진 책임을 감당하고, 가족을 부양하고, 부모에게 은혜를 갚고, 나보다 힘이 약한 동료와 친구를 돕는 데 활용되어야 한다.

내 안에 존재하는 잠재력, 그 가능성의 나무를 깎아 만든 결과물이 사람들이 찬탄하는 아름다운 조각이나 웅장한 탑이 아니라도 좋다. 별 대수롭지 않아 보이는 방망이든, 의자든, 젓가락이든, 어떤 형태로든 다만 세상에서의 또렷한 쓰임새를 갖출 수 있도록 모든 힘을 쏟으며 앞으로 나아가는 것이다.

매사에 남 탓, 환경 탓만 하며 불만에 가득 차 살다가 문득 정신을 차려보면 일찍이 내 안에 있었던 모든 가능성이 꺼져버렸다. 인간에게 그보다 더 큰 불행은 없다. 젊어서 힘 있을 때 오로지 감각적 쾌락만 마음껏 누리며 살겠다는 생각은 그래서 삶을 필연적 비극으로 이끈다. 동물적이고 감각적인 쾌락을 최대한 누리는 것만을 목표로 살다 보면, 잠재력을 실현할 가장 중요한 토대인 정신적 강인함이 회복 불가능할 정도로 썩어문드러지기 때문이다.

나 자신이 불쌍하다, 다 포기하고 죽고 싶다, 열등감 때문에 너무 고통스럽고 도무지 벗어날 길이 없다, 인생이 의미가 없고 더는 어떤 노력도 소용이 없다, 이런 생각에 계속 사로잡힌다면? 그것은 나의 쓸모를 스스로 찾지 못해 삶이 조금씩 비극이 되어가고 있다는 내면의 절규임을 인식해야 한다. 잠재력을 실현하지 못한 채 하루하루 냉장실 안에서 썩어가는 날고기가 되었다는 섬뜩한 경고장인 것이다.

언제까지 "나는 참 불쌍하구나" 되뇌며 흐느껴 울기만 할 것인가? 썩어 들어가는 나약한 마음을 남아 있는 모든 힘을 다해 떨치고 일어나야 할 주체는 나 자신뿐이다. 내 잠재력을, 가능성을, 보잘 것 없는 아주 작은 쓸모를 어떻게든 찾아 이 세상에서 실현해야 한다.

인생이라는 탐험의 최종 목적지 남극과 북극에 이르기 전에 힘이 다해 싸늘하게 얼어죽고, 빙하 틈 크레바스에 추락해 온몸이 산산조각이 나더라도, 그것은 결코 헛된 삶이 아니다. 내게 주어진 모든 힘을 다해 저 앞으로 걸어가다가 내 가족을, 어깨를 맞대고 의지하던 친구를, 함께하던 동료를 끝까지 돕고 배려하며 의연하게 죽음을 맞이한다면, 그것만으로도 내 쓰임새를 남김없이 활용한 더할 나위 없는 삶이다.

아문센 탐험대에 남극점 일착을 빼앗기고 귀환 중 끝내 힘이 다해 대원 전원이 차례로 스러져갔지만 최후의 순간까지 서로가 서로를 배려하며 품위 있고 의연하게 죽어간 스콧 탐험대는 인간만이 가질 수 있는 정신적 아름다움과 강인함의 극한을 보여주었다. 그들은 남극점을 조금 먼저 정복한 아문센 탐험대보다 훨씬 거대한 정신적 성취를 인류에게 유산으로 남겼다. 어떤 나약하고 삐딱한 인간도 그러한 위대한 죽음 앞에서는 숙연해진다. 스콧 탐험대의 죽음 앞에서 인간이라면 누구나 느낄 수 있는 그 감동은 의연하고 강인한 인간이 되고 싶은 소망이, 그리고 인간으로서 강해질 권리가 태초부터 지금까지 세상 모든 사람에게 존재함을 말해준다.

힘들고 괴로운 일이 있었다고 자신을 불쌍히 여기며 울고 자학하고 남 탓, 과거 탓을 하는 것이 나약한 마음이다. 나약한 마음은 우리에게 아직 충분히 남아 있는 가능성을 부패시켜 삶을 진정한 비극으로 이끈다. 나약한 마음은 우리를 혹독한 고통을 이겨내며 앞으로 나아가는 강인한 탐험가에서 지독한 냄새를 피우며 썩어가는 냉장실 속 무력한 고깃덩이로 전락시킨다.

고깃덩이는 스스로를 요리할 수 없다. 하지만 인간은 비록 작은 잠재력일지라도 세상에 통할 내 쓰임새를 스스로 찾아내어 실현할 수 있다. 그 과정에서 주어질 고통을 내 힘으로 처음부터 끝까지 견뎌낼 수만 있다면.

인정받을 만한 사회적 성공을 거둔 사람만이 살아온 인생에 자부심을 가질 수 있다고, 조금이라도 그렇게 여긴다면 진정 짧은 생각이다. 주어진 삶의 책임을 있는 힘껏 감당하고, 받은 은혜를 성실히 되돌려

갚고, 비틀대는 주위 사람들을 부축하고, 그렇게 오랜 세월 열사의 사막과 만물이 얼어붙는 빙원을 이를 악물고 고통스럽게 건너왔다면, 자부심을 느끼며 뒤를 돌아보기에 충분한 삶은 마음속에서 이미 완성된 것이다. 인간으로서 강해질 권리, 어머니 뱃속에 있을 때 이미 주어졌던 그 소중한 권리를 끝까지 지켜내 실현하였기에.

　최선을 다해, 너그럽게,

　누군가 알아주기를 바라지 않고, 생색내지도 않고,

　내게 주어진 힘이 다할 때까지 똑바로 저 앞으로.

강해질 권리

1판 1쇄 찍음   2021년 6월 8일
1판 1쇄 펴냄   2021년 6월 15일

지은이   김민후
펴낸이   조윤규
편집   민기범
디자인   홍민지

펴낸곳   (주)프롬북스
등록   제313-2007-000021호
주소   (07788) 서울특별시 강서구 마곡중앙로 161-17 보타닉파크타워1 612호
전화   영업부 02-3661-7283 / 기획편집부 02-3661-7284 | 팩스 02-3661-7285
이메일   frombooks7@naver.com

ISBN   979-11-88167-47-0 (03180)